小学館文庫

王と后

深山くのえ

小学館

目次

用語

千和【ちわ】
神話に由来する八家が支配する国。石途国、泉生国、穂浦国、弓渡国、安倉国、六江国、馬頭国から成る。

八ノ京【はちのきょう】
千和の都にして最も神聖な地。

術【わざ】
火や水、風や土などに類似する霊的存在を扱う特別な力。
八家の者だけが持つ。

天眼天耳【てんげんてんに】
「天眼力」「天耳力」を合わせて呼ぶ呼び名。心を鳥のように飛ばし、見聞きすることができる力。

火天力【かてんりき】
一嶺の者が使う術。火に類似する霊的存在を扱う

八家

【貴族六家】

天羽 あもう
※現在は八ノ京を離れている

明道 あけみち

一嶺 いちみね

浮 うき

繁 しげり

玉富 たまとみ

【神官二家】

小澄 こすみ

波瀬 はせ

登場人物《とうじょうじんぶつ》

一嶺鳴矢《いちみねなりや》
第六十九代千和王。次の王に予定されていた人物が成人するまでの〝中継ぎ〟の王と呼ばれる。火天力の術を使う。

天羽淡雪《あもうあわゆき》
天羽の里で生まれ育った巫女。一嶺鳴矢の后に選ばれた。天眼天耳によって遠くの物事を見聞きすることができる。

天羽空蟬《あもううつせみ》
前后。淡雪の叔母。

小澄藤波《こすみふじなみ》
巫女。「乾の祝」の長。

坂木香野《さかきかの》
内侍司の尚侍（長官）。

鳥丸《とりまる》和可久沙《わかくさ》
内侍司の典侍（次官）。

百鳥真照《ももとりまてる》
鳴矢の乳兄弟。蔵人。

浮希景《うきまれかげ》
鳴矢の側近。蔵人頭。

竹葉紀緒《たけばきを》
淡雪の世話係。掃司の尚掃。

貝沼伊古奈《かいぬまいこな》
淡雪の世話係。掃司の典掃。

小田垣沙阿《おだがきさあ》
淡雪の世話係。掃司の典掃。

岩切衣那《いわきりえな》
淡雪の世話係。殿司の尚殿。

砂子真登美《すなごまとみ》
淡雪の世話係。兵司の尚兵。

序章　婚儀

鈴の音が聞こえてきた。

次第に大きくなるその音に、祭壇の前にただ一人立っていた男は、背筋を伸ばし、緊張の面持ちで口を引き結ぶ。

男は最前より、ここである女を待っていた。鈴の音が女の来る合図だということは教えられていたが、女本人については、自分と同い年の十八歳だとしか知らなかった。

あの天羽《あもう》の里から送られてくる娘だ。それをどう考えればいいのか。どう接すればいいのか。ずっと思い悩んできたことに答えが出せないまま、男は近づいてくる鈴の音を聞いていた。

庭に面した戸はすべて開かれ、まぶしいほどの朝の光が室内にも差している。

やがて部屋の前で鈴の音が止まり、扉が外から開かれた。

先頭は数十もの金の鈴がついた杖《つえ》をついた鈍色《にびいろ》の髪の老女。続いて数人の、こちらも老いてはいるが、先頭の老女よりは幾らか若い女たち。いずれも巫女《かんなぎ》特有の白色の衣をまとい、肩に朱華色《はねずいろ》の領巾《ひれ》を掛けている。

そして列の最後に入ってきたのが、真白い衣に真白い帯、真白い領巾、頭にも真白い薄衣を被《かず》いた女――

外はもうすぐ桜が咲くころだというのに、まるでそこにだけ雪が積もったかのように思えたのは、薄衣の下にちらと覗《のぞ》いた唇の紅の色のほかは、肌までもが白く見えたからか。

女は部屋の中ほどで足を止め、ゆるゆると頭を上げ――男とはっきり目を合わせて、そして、再びゆるゆると顔を伏せた。

その、ほんのわずかな時に。

やわらかな丸みの頬の線と、大きくも小さくもない、形のいい唇。愛らしい小鼻。くっきりとした弓なりの眉。長いまつ毛の奥に垣間《かいま》見《み》えた黒い瞳は、男の目に強烈に焼きつけられた。

男の喉が一度大きく上下し、声にならない声を押しつぶす。

鈴が大きく鳴らされ、老女の声が響いた。

「――両人とも、祭壇の前へ」

女は男の左隣りに立ち、ただじっとうつむいていた。

自分の故郷よりはるかに温暖な地にいながら、頭から被《かぶ》った薄衣を持つ手は凍えたように冷たくなっている。

女がこの都に着いたのは、まだ夜半のうちだった。

都へ入る橋の上で、故郷からそこまでの旅路をともにした者たちと別れて、正体の知れない数人の男女に出迎えられた。都の内では人目につかぬように移動しなければならないからと、月明かりを頼りに歩かされ、休む間もなく、そして何かを説明されることもなく、この建物まで連れてこられた。

巫女だという数人の老女らによって、旅に汚れた姿を清めよと湯殿に押しこまれ、そしてこの白い衣を着せられ、ようやくわずかな休息を許されるも、深い眠りにつく間もないまま夜明けを迎えたのだ。

巫女らの中で最も格上と見える、鈴の杖を持った老女に同行を命じられて以後も、女には何の説明もなされなかった。

しかし女は自らがここへ来た理由を思い、これから何が行われるのか、そして横にいる男が何者なのか、すでに察していた。

旅の道すがら、案内の者たちから知りうる限りのことは、聞かされている。だが、先に部屋にいた男がその話に聞いた男と違《たが》わぬ者であるかどうかを確かめるためには、女は男の姿を見なければならなかった。ゆえに女は、顔を上げた。

まず目に入ったのは黒い沓《くつ》。白い切袴《きりばかま》に、深紫《こきむらさき》の袍《ほう》。帯は金糸で刺繍《ししゅう》され、腰には宝玉のついた飾り太刀をはいている。

これらの着衣を見て、女はその男こそが、道々で話に聞いたその人物だと察した。深紫の袍に金糸で刺繍された帯は、この国では王《おおきみ》にしか許されない姿。それさえ確かめれば、それでよかったはずだった。

沓、袴、帯、袍と視線を上げていく中、女は男の背の高さに気づいた。わずかずつ目を上げ、しかしなかなか顔までたどり着かない。上背があり、胸や肩などおそらく武人にも劣らない体軀《たいく》でもありそうで、それらに内心で驚いているうちに、女は視線を上げすぎていたのだ。

女は、それを見た。

炎の色とも入日の色とも思えるような赤い髪。

きりりとした眉に、特に大きいわけではないのにはっきりしている、印象の強い目。そして固く結ばれた口と、険しさのうかがえる表情。

女は束《つか》の間《ま》に男の相貌を観察し、また下を向く。

苦手な部類の容姿でなかったことには少しだけ安堵《あんど》しつつ、それが何のなぐさめにもならないことも、よくわかっていた。

ここでの自分は、異端の者。

逃げることは許されず、逃げたところで、もはや帰る場所もない。

天羽の巫女となったときから、永久の孤独は決まっていたのだ。

女が老女の言葉にうながされて男の横に立つと、ひときわ音高く、鈴が鳴らされる。

「……一嶺鳴矢《いちみねなりや》、天羽淡雪《あわゆき》」

老女が厳かに声を発した。

「これより、両人の婚儀を執り行う」

第一章　后としての一日目

神殿らしき場所の祭壇の前で、初対面の青年と夫婦となる誓いの文言を述べた後、青年とは別々の扉から、祭壇のある部屋を退出して——それ以降、青年の姿を一度も見ていない。

……変なの。

神前で夫婦の宣誓をしたのだから、あの一嶺鳴矢という、上背のある赤い髪の青年は、自分の夫のはずだ。いくらこちらが実質的に人質とはいえ、話す機会くらい与えられそうなものだが。

……でも、こんなものかしらね。

明かり取りの窓がひとつあるだけの小さな部屋の長椅子に腰掛け、淡雪はぼんやりと閉じたままの扉を眺めていた。

婚儀のあと、ここで待つように言われてからどれくらい経《た》ったのだろう。このまま放っておかれては、寝てしまいそうだ。

いや、実のところ、すでに何度も居眠りをしては目覚めて――というのをくり返していた。何しろこちらは、昨夜ほとんど寝ていない。そのうえ歩きどおしで疲れている。本格的に寝入ってしまう前に、どうにかしてほしいのだが。

……ちょっともう、様子見にいくしかないわね。

淡雪は大きく息を吐くと、肩をぐるりとまわして体のこわばりをほぐし――そして目を閉じる。

す、と上に引っぱられるような感覚とともに『目』を開けた。

まず天井が近くにあり、見下ろすと、白い衣を身に着けて、長椅子にじっとうつむいて座っている女――自分の姿があった。

……疲れているし、ちょっとそのあたりを見てくるだけ。

心の内でそうつぶやいて、すべるように扉に向かっていく。

本当は『目』だけのときも、できれば開いている扉から出入りしたいのだ。いくら何事もなく通り抜けられるとはいえ、目を開けたまま思いきり壁にぶつかりにいくようなこの感じは、あまり好きではない。

一瞬だけその感覚を我慢して扉を抜けると、外の廊下には誰もいなかった。見張りでもいるのかと思ったのに。

……そういえば、戸には鍵がかかっていたわね。

そのまま廊下を右に少し進んでみたが、人がいる気配はなかった。仕方なく部屋の前に戻り、今度は左に行ってみる。

初めての場所で、状況がよくわからないまま、あまり長い時間、体を置いたままにしておきたくはない。だからそう遠くまで見にいきたくもないのだが――

そのとき廊下の先から、人の声が聞こえてきた。幾つかの足音も。

「……それが慣例なのだから、仕方あるまい」

「慣例といっても、神が定めたものではありませんよ。人が決めたことは、人が変えても何も差し支えはないでしょうに……」

角を曲がって現れたのは、先ほど婚儀を取り仕切っていた朱華色の領巾の老女と、同じ白い巫女の衣ながら、こちらは葡萄色《えびいろ》の領巾を肩に掛けた、落栗色《おちぐりいろ》の髪の、四十ほどと見える女人だった。

その二人の後ろには、これも先ほど自分を祭壇まで先導した朱華色の領巾の、三十代から四十代くらいの巫女たちと、こちらはもう少し若い、二十代から三十代の半ばほどの葡萄色の領巾の巫女たちが、それぞれ同じ人数、ついてきている。

「人の決めたことにも意味はある。意味があるから慣例となっているのだ」

「王の言葉であっても聞かぬと？」

「あれはしょせん、中継ぎではないか」

「中継ぎでも、当代の王ですよ」

「周りがそのような態度をとると、図に乗るぞ」

「そのようなことは……」

何の話かさっぱりわからないが、どうやら朱華色の領巾の老巫女と葡萄色の領巾の巫女に、意見の対立があるようだ。

そんな議論をしながら廊下を進む巫女たちを、上から眺めていたが。

……もしかして、ここに来る？

巫女たちが部屋の前で足を止める。よく見ると老巫女の手には鍵が握られていた。

淡雪は急いで『目』を閉じる。

「――ここで待たせている」

淡雪が顔を上げたのと、扉が開いたのは、ほぼ同時だった。

……危なかった。

安堵の息をもらしそうになるのをこらえて、淡雪は背筋を伸ばす。そこへ巫女たちがぞろぞろと入ってきた。

椅子から立って迎えるべきかと一瞬迷ったが、疲労のため腰を上げるのも億劫《おっくう》で、結局座ったまま、あらためて巫女たちを見まわした。

「あなたが、天羽の淡雪姫ですね」

先頭を歩いていた葡萄色の領巾の巫女が、穏やかな口調で問いかけてくる。その声にも態度にも、敵意は感じられなかった。

「はい。天羽淡雪です。……あなたはどなたですか」

「私は小澄藤波《こすみふじなみ》といいます。『乾《いぬい》の祝《ほうり》』の長《おさ》です」

小澄。つまり神官家だ。

「そうですか。実はわたし、昨夜からずっと都まで歩きどおしで、まだ足が棒のようなんです。座ったままの御挨拶で失礼いたします」

「それは構いません。どうぞそのままで。あなたは后《おおきさき》なのですから、私どもより上のお立場です」

后――たしかに王と夫婦になったのだから、妻である自分は后だ。まったく実感はないが。

「石途《いわと》からでしたら、馬を使っても十日はかかったのではありませんか。さぞお疲れでしょう。あとで湯殿をお使いなさいませ。石途にはよい温泉があると聞きますが、都の湯も負けてはおりませんよ」

「え、都にも温泉があるんですか？」

「ええ。あちらの山から引いておりましてね」

藤波という巫女は親しみを持って話してくれていたが、朱華色の領巾の老巫女は、何を長話しているのかと言わんばかりの、冷ややかな目でこちらを見ている。

思えば老巫女のほうは、自分がここに着いたときからずっと、気に食わないという態度を露《あら》わにしていたし、従う同じ朱華色の領巾の巫女たちも、身支度の手伝いなど、ひどくぞんざいだった。

……わたしが天羽の者だからそうなんだろうって、不思議にも思わなかったけど。同じ巫女なのに、朱華色と葡萄色でこうも様子が違うとなると、都ではいま天羽がどういう扱いなのか、わからなくなってくる。

「お住まいでは湯殿は自由に使えますし、足が痛むようでしたら薬師《くすし》も呼べます」

「ありがたいことです。でも、疲れさえ抜ければ……」

「――どうでもよい話は、それくらいにせよ」

とうとうしびれを切らしたか、老巫女が声を張り上げた。だが藤波は悠然と笑みを浮かべ、老巫女を振り返る。

「都へ来たばかりの方に都のことを話すのが、どうでもよいと？　どうせそちらは、后に何も教えてさしあげてないのでしょう」

「そのようなことは内侍司《ないしのつかさ》の仕事だ。我らは神事のみ伝えればよい」

「どうせその神事についても、何も伝えていないのでしょうに」

威圧的な老巫女の物言いを軽くいなし、藤波が再びこちらを見た。

「淡雪姫。あなたは后ですが、同時に巫女でもあります」

「はい。千和《ちわ》の后は巫女を兼ねると、里を出る前に聞きました」

「月に一度の神事には、あなたにも出ていただきます。もちろん、儀式次第は万事、こちらでお教えしますので」

「わかりました。よろしくお願いいたします」

淡雪が藤波に軽く頭を下げたところで扉が開き、今度は白ではない、色とりどりの衣の女が七人、入ってきた。巫女ではないようだ。年齢も着ているものもまちまちだが、女たちは皆、同じ花飾りのついた簪《かんざし》を結った髪に挿していた。藤の花の挿頭《かざし》だ。

「――ようやく来たか、典侍《ないしのすけ》」

「遅くなりました。して、新しい后は」

「これだ。連れてゆけ」

……これ、ね。

老巫女の言葉に浮かびかけた笑いを、淡雪はすまし顔を装ってごまかす。

ある意味、敵意のほうがわかりやすくていい。厚意ならば、まず疑わなくてはならないから。

とはいえ、右も左もわからないいまは、うわべだけかもしれなくても、厚意のほうがありがたい。

「后。これより住まいに移ります」

名乗りもせず、老巫女に典侍と呼ばれた年のころ五十ほどの女が、淡雪の前に立って告げる。こちらからも、親しみはいっさい感じられない。あからさまな敵意までは見えないが、老巫女よりはその感情を隠すすべを心得ているだけだろう。

「……案内していただけるんですね？」

「あたりまえです」

典侍という女は小馬鹿にしたように返し、それからいま気がついたという様子で、淡雪の頭をまじまじと見た。

「何か？」

「……被りものをお外しなさい」

「これを？」

別に好きで被っていたわけでもないので、言われるまま白い薄布を外すと、典侍はいぶかしげな顔をする。

「……髪が黒い」

「ええ。それが何か」

「天羽の女が？」

「天羽にも黒髪の者はいますよ。どこにだっているでしょう」

「……」

典侍が何を言いたいのかはわかっていたが、淡雪はあえてさらりと流し、薄布を被り直した。ここでいきなり手の内をさらすほど愚かではない。

「さて――どこへ行くのかしら」

部屋中の視線を感じながら、淡雪は腰を上げる。

「ゆっくり歩いてくださると助かります。ここまで来るのに、すっかり歩き疲れてしまって。……鳥のように、飛んでこられたらよかったのですけれど」


遠い昔――人々は無益に争い、地上は渾沌《こんとん》を極めていた。神々はそのさまを憂い、人々のいさかいを止めるため、神々の力を託した八人の天女を地上に遣わした。

天女たちはそれぞれに、これと見こんだ男を選んでその妻となり、それぞれに一人ずつ子を生んだ。

最初に生まれた風天の神の力を宿す男児は天羽の祖となり。

次に生まれた水天の神の力を宿す男児は明道《あけみち》の祖となり。

次に生まれた火天の神の力を宿す男児は一嶺の祖となり。

次に生まれた月天の神の力を宿す男児は浮《うき》の祖となり。

次に生まれた日天の神の力を宿す男児は繁《しげり》の祖となり。

次に生まれた地天の神の力を宿す男児は玉富《たまとみ》の祖となり。

生まれた、神々の声を聞く力を宿す女児は小澄の祖となり。

最後に神々に声を届ける力を宿す女児は波瀬《はせ》の祖となり。

神々の力を託された八人は長じてのち、女児たちが伝える神々の言葉を導きとし、
男児たちがその力を合わせて地上の争いを止め、渾沌とした地上を平定した。

分かれていた地上の国々は総じて千和と名づけられ、八人を祖とする家々によって統治されることとなり、以後、現在までそれが続いている。

——これが、この国に生まれた子供が親や地域の老人などから一度は聞かされる、昔語りだ。

子供にとってはさして面白くもない昔語りだが、この国の成り立ちと統治の仕組みをわからせるには、最も簡単な手段ではある。きっと今日もこの国のどこかに、誰かから話を聞かされている子供がいるだろう。

ところで、八家による統治が現在も続いている、という話は、実は正確ではない。

あるときまでは続いていた、と言うべきなのだ。——続いていたのは、七十年前まで

なのだから。

天羽、明道、一嶺、浮、繁、玉富の六家を貴族とし、六家の中から王を選ぶ。王とはすなわち、神から与えられた力が最も強い者。そのとき一番『術《わざ》』を使いこなせる者が王となるのだ。そして神官の家である小澄と波瀬の二家は、神に王に選ばれた者の名を伝え、神が新しき王を認めたかどうかを占う。

そうやって、六家は争うことなく交代で王を出し、千和の国を治めてきたのだが。

七十年前——突如、天羽家は都を離れた。

千和は北東から南西に、石途、泉生《みお》、穂浦《ほうら》、弓渡《ゆわたり》、安倉《あくら》、六江《むつみ》、馬頭《めず》の七国から成る国家であり、昔語りによる八人の天女が下り立った地——穂浦国西部の一部を、八《はち》ノ京《のきょう》という名で都として定めている。八ノ京は千和で最も神聖な地であり、六家による政も二家による神事も、すべてここで行われてきた。八家それぞれが跡取り以外の子孫に新たな氏を与えて分家とし、豪族として各地に住まわせることで、千和の隅々まで統治を可能にしていたが、八家の本家が都を離れることは決してなかった。

それが、離れた。

しかも最初に天女を迎えた、天羽の家が。

家長も隠居も生まれたばかりの赤子も。他家へ嫁していた娘までも連れて。

天羽の血を色濃く受け継ぐ者はすべて都を去り、天羽家の所領が多くある石途国の雪深い山里へと移ったのだ。

いったいどういうわけで、そうなったのか。天羽の里では、他の七家から受け入れ難い恥辱を与えられたせいで、そうせざるを得なかった——と伝えられている。

だが、それが具体的にどのようなことだったのか、いまとなっては誰も知らない。伝えられている話が真実なのかさえも定かでない。すべては一族に都を離れることを命じ、皆に詳細を語らないままこの世を去った、当時の天羽の家長の一存だ。

しかし都のほうでは、天羽が他家に難癖をつけた挙句、貴族の役目を放棄して出ていったと言われているらしい。もっともその話も、難癖の内容がよくわかっていないようで、噂《うわさ》が噂を呼んで、謎を深めているのだという。

はっきりしているのは——七十年ものあいだ、天羽の本家は石途国の山奥に座したまま、八ノ京へ帰ろうとはしていないということだけ。

では何故《なぜ》、天羽家の娘が后として都に送られるようになったのか。

天羽はそれまで八家の中で、言わば格上だった。天羽家では男女とも強い力を持つ者が多く、最も神に近い家と目されてきたのだ。その天羽家が石途へ去るなり、都で使われる『術』の数々が不安定になったという。

そこで七家は話し合い、まずは神官家の波瀬家を二つに分け、片方をこれまでどおり神官、もう片方を貴族とし、政に参加させるようにしたのだそうだ。そうやって形の上で八家にしてみたものの、それでも『術』は安定しきらず、とうとう七家は天羽の里へ使者を出し、娘を一人、巫女として都に置いてほしいと頼んだ。

しかし天羽家は、巫女の役目だけでは不足、娘を望むなら必ず后とせよ、と返事をしたのだ。七家はそれを承諾し、新しく王が立つたびに、天羽の里から娘が一人都へ送られ、后と巫女を兼ねた役目を担うこととなった。それで一応『術』は安定したらしい。

以来、天羽家は都へ戻らない代わりに、一族の娘を都へ送り続けている。

この七十年、都の七家と天羽家のあいだに何があったのか、細かいことまではわからない。だが時間の経過とともに双方の溝は深まり、互いの感情が悪化の一途をたどってきたことは事実だった。

そんな中で都に送りこまれる天羽の娘は、后でも巫女でもなく、実態は人質と呼ぶべきものなのだろうと――天羽の里にいる女たちは、誰もがそう承知していた。


婚儀が行われた建物を出ると、ゆっくり歩いてほしいと伝えたにもかかわらず、典侍なる女はさっさと先へ行ってしまい、しかも残りの女たち六人のうち、三人は典侍についていってしまったため、歩調を合わせて案内してくれたのは、結局三人だけということになっていた。

「すみません、あの人、どうもせっかちで……」

淡雪を気遣って歩きつつ、三人のうちの一人が苦笑する。

せっかちというよりは、あたりまえと言いながらも、しょせんあの典侍自身は案内する気がなかったのだろう。残ったこの三人は、たぶん世話を押しつけられたのだ。

「足さえいつもどおりなら、わたしもあれくらいは歩けるんですけれど」

「牛車《ぎっしゃ》か馬車は使われなかったんですか？」

「昼間の移動では乗れたんですが、都には夜のうちに入らなきゃいけないって言われて。でも、夜は車を貸してもらえなかったんです。だから鶴木《つるき》の駅からは、ずっと徒歩でした」

「え、そんなに――」

三人のうちの一人――淡雪と同じくらいの年と見える榛色《はしばみいろ》の髪の女が、気の毒そうに眉を下げた。

「それじゃ、近道できればよかったんですけど、あいにく一番近い後宮の北門は施錠されてしまっていて。南の正門にまわらないといけないんです」

「さっき少し休めましたから、大丈夫です。……ところで、あの」

いまのところ敵意の見られない、この榛色の髪の女からなら、いろいろ話が聞けそうだと考え、淡雪はできるだけ遠慮がちに訊《き》いてみる。

「わたし、生まれて一度も里を出たことがなかったので……都のことも、こちらでの暮らしについても、ほとんど知らないんです。よろしければ、幾つか伺いたいことが」

「どうぞ、何でも訊いてください。──あ、その前に、まずここから入ります」

先ほどから高い築地塀《ついじべい》に沿って歩いていたが、途中に門があった。三人とともに門をくぐると、一瞬、強い『術』の気配を感じた。これはおそらく、地天の力。

……門番の代わり、ということかしら。

天羽の里でも、里の出入口や神を祀《まつ》る社などの重要な場所に、何らかの『術』で、守りをかけている。都でもそのようにしているのだろう。そういえば、先ほど婚儀を行った建物にも、そういう気配はあった。

門内に入ると、また目の前に同じような築地塀があった。塀と塀のあいだの道で、榛色の髪の女が両手を広げる。

「この塀の中が、宮城です。で、内側の、こちらの塀の向こうが後宮です。后のお住まいも、この中にあります。……ああ、それです。それが後宮の北門なんです。ここから入れれば、すぐそこなので、本当に近いんですよ」

いまくぐってきた門のすぐ前にある、ぴったりと扉が閉ざされた門を、榛色の髪の女がすまなそうな顔で指さした。

「月に一度の神事が艮《うしとら》の社か乾の社で行われるときには、ここを通れますから」

「都の四隅にあるという社のことですか？」

「そうですそうです。あ、さっき后がいらしたところが、艮の社です。艮と巽《たつみ》が波瀬家の社で、坤《ひつじさる》と乾が小澄家の社なんですよ。今月の神事は乾の社ですけど、巽か坤の順番のときは、牛車で行くことになりますね」

身振り手振りで説明してから、女は小さく、あ、と言った。

「すみません。御質問があったんですよね」

「いえ、それも知りたかったことですから。……えぇと、まず、あなたがどなたなのか教えていただければ」

「あ、そうでしたね。自己紹介がまだでした」

女は歩みを止め、淡雪に向き直る。

「あたし、坂木香野《さかきかの》といいます。年は十九です。内侍司の尚侍《ないしのかみ》です」

「尚侍……」

淡雪は香野と名乗った女の顔をまじまじと見た。同じくらいの年だろうと思ってはいたが、正直、二つ三つ下と踏んでいた。小柄だし、童顔だ。ひとつ上だったとは。

しかも、内侍司の尚侍——

「……えっ？　さっきの人が典侍で、あなたが尚侍？」

思わず大きな声を上げてしまった。

尚侍は長官だが、典侍は次官だ。さっきの横柄な態度の女よりも、こちらの香野という女のほうが、地位が上ということになる。

「そうなんですよ。一応、あたしが尚侍なんです。でも逆に見えますよね」

香野は笑って、ちょっと首をすくめた。

「どうしてかっていうと、尚侍は王が代わると、そのつど新しい王に指名されるんですけど、典侍は本人が辞めますって言うまで、ずっと典侍でいられるんです。それでも、だいたい慣例で五十歳までですね」

「……さっきの人は？」

すでに五十歳くらいには見えたが。

「和可久沙《わかくさ》さんは——あ、さっきの人、和可久沙さんっていうんですけど、四十九歳だそうです。もう三十年くらい典侍を続けているんですよ」

なるほど、長官が代替わりごとに辞めていくため、次官が継続して実務を担っているということか。

「でも立場としては、やはり王から指名されたあなたが上ということですよね」

「名ばかりですけどね。指名されたというより、幼なじみで気心知れているから頼まれたっていう感じで」

　それならこの香野は、王個人をよく知っている人物ということになる。そういえば坂木は、たしか一嶺家にかなり近い分家筋の豪族だったはずだ。

　しかしここで王について尋ねてみたところで、あまり意味はないだろう。何しろ、名ばかりなのは后も同じだ。

「もうひとつ伺いたいんですが、月に一度の神事は、八日の祭のことですよね？」

「はい、はい。毎月八日の月例祭です。次は……あと十日ほどですね」

「ということは──わたしが住まいの外に出られるのも、毎月八日だけ、ということですよね」

　確認のつもりで何げなく言っただけなのに、香野はびくりと肩を震わせ、足を止めた。案内されているはずの自分が香野を追い越してしまい、淡雪は立ち止まって振り返る。

「……どうかしました？」

「あ、あの……御存じだったんですか？」

「何をです？」

「……后が、その……月に一度しか、外出できない、って……」

「知っています」

むしろ知らないと思われていたのか。淡雪は首を傾《かし》げた。

「六十六代の王のときに后を務めた白波《しらなみ》姫と、六十七代のときの夕影《ゆうかげ》姫が、天羽の里で健在ですので。お二方に后の役目や都での暮らしのことは、ひととおり伺っております。ただ、なにぶん代替わりの知らせがあってからわたしが里を出発するまでの、短い時間のうちで伺っただけですので、内侍司についての細かいこととか、そういうところまでは聞けませんでしたが」

「……あ、そうなんですか……」

香野は拍子抜けしたような、しかしどこかほっとしたようにも見える表情で、突っ立っている。後ろについてきている少女二人も、顔を見合わせていた。

「でも、あの……大丈夫、ですか？」

「大丈夫？」

「外出といっても、行き先は社だけですし、他にはどこにも……」

「そうらしいですね。あとはずっと、冬殿と呼ばれる后の館から出られないと」

「……」

香野は途惑いを隠そうともしていない。……そうか。常より自由にどこでも行ける暮らしをしている者には、これから始まる閉ざされた日々のことを知らされても平然としている自分が、異様に見えるのか。

淡雪は口元に、微《かす》かな笑みを浮かべた。

「天羽の里の女は、五歳になると選《よ》り分けられるんですよ。巫女として生きる者と、そうでない者とに」

「……五歳で」

「ええ。もちろん本人の意思と関わりなく。わたしは巫女のほうに分けられました。そのあと巫女の中からさらに、いずれ后として都へ送られるかもしれない者が、選り分けられるんです」

ざわりと風が吹き、流れた雲が少しのあいだ、日を陰らせる。

「わたしは十二歳のとき、后のほうへ選り分けられました。そもそも巫女は滅多に社から出ませんが、后候補の女たちは、さらに奥で育てられます。――いずれ都へ行っても、天羽の里について、何も話せないように」

再び現れた日差しが、香野の当惑した顔を照らした。

淡雪は薄く笑ったまま、その表情を見つめる。

「外に出られなくても、それはわたしにとって、育ってきた場所と何ら変わりはありません。そこはどうぞ、お気遣いなく」

「……」

「それから、もし王や七家高官の方々が、天羽の里について、わたしから何か情報を得たいとお思いでしたら、このような理由で里の民からも離されて育ちましたので、お知らせできる話は何ひとつ持っておりませんと――そのようにお伝えください」

絶句している香野の後ろで少女二人が、不気味なものを見る目を自分に向けていた。

それでいい。どうせこちらは人質だ。得体の知れない女と思われておくくらいで、ちょうどいいだろう。

もっとも里の巫女たちからも、あの子は何を考えているかわからない、都にたった一人で送られるというのによく平気な顔をしていられる、と陰で言われていた。

そもそも后候補は、天羽の里の恥にならないようにと、なるべく感情を表に出さないように教育されているのだから、常より平然として見えるのはあたりまえなのだ。

面の皮は動かしても、それが心からの表情であってはいけない。

それが后候補となった者への教え。

それでも后候補の中で、自分だけが巫女たちに陰口を叩《たた》かれていたのは、あまりにそれを完璧に実行できていると思われていたからだ。感情をそのまま出すな、心とは裏腹の顔をしてみろと言われても、なかなかそのとおりにできる者はいない。

何故できないのか。それはたぶん、心の内に、期待や希望を持っているからだ。

こうしてほしい、こうだったらいいのにと思う気持ちがある限り、それが得られなかったときの失望や怒り、悲しみの気持ちもあわせ持たなくてはならない。動く感情が多ければ多いほど、面に表れやすくもなる。

自分は、おそらく逆だった。

閉ざされた暮らしを送りながら、様々な失望、怒り、悲しみを『見た』。余計なものを見すぎたせいで、期待も希望も持たなくなった。

もちろん自分とて、腹を立てることはある。しかし怒りを前面に出す前に、怒ったところを見せたとして、それが何になるだろうと、あきらめのようなものが先に立ってしまうのだ。結果、誰もが明らかに怒るような場面で、つまらなそうに立っているだけの、不気味な女になってしまった。

おかげで完璧な后候補と思われた。新しい王の即位の知らせを受けて、満場一致で后に選ばれるほどに。

得体の知れない女に見えるだろうか。

それも仕方ない。自分でさえも、自分の得体が知れないから。

「……ああ、いけない。立ち話してしまいましたね」

淡雪は風で頭からずり落ちた薄布を被り直して、香野ににこりと笑いかけた。

「行きましょうか。まだ、ここをまっすぐ進めばいいんですよね？」

「あ……は、はい」

ようやく我に返った香野が、あわててうなずく。

「ずっと、まっすぐです。あの突き当たりまで……」

「まぁ、後宮って広いんですねぇ」

淡雪はあえてのんびりとそう言って、再び歩き出した。

後宮の外郭を半周して、ようやく南の正門にたどり着き、ここが王の館、あちらに見えるのが女官たちの住まい――などと説明するうち、香野は平静を取り戻したようだった。

築地塀の内にある後宮には複数の庭付きの建物があり、そのひとつひとつが檜垣《ひがき》で囲われていた。檜垣は女の背丈でも、ちょっと伸び上がればぎりぎり中が覗けるほどの高さしかない。

「こちらの館は？」

「あ、そこは春殿というところで……えっと……」

「ああ、王の愛妾《あいしょう》の住まいですね」

「……御存じなんですね……」

「ええ。春殿、夏殿、秋殿という妃《きさき》の館があって、冬殿が后の館だと。……女官たちの住まいについても聞いていますよ。後宮にある十二司のうち、内侍司の住まいだけが王の館の内にあるって」

「はい。内侍司は、王のお世話が主な仕事なので……。もちろん后の暮らしのことも、お手伝いしますので」

「わかりました。そのときはよろしくお願いします」

そういえば――と、淡雪は思い出す。

夕影姫から聞いた話によると、名ばかりの夫だった当時の王は、妃の館のすべてに愛妾を住まわせていたらしい。それでも足りなかったようで、自らが任じた尚侍にも手を出していたらしい。閉ざされた生活の中で、どうやって夕影姫がそれを知ったのかといえば、そういう話は后の館に日々出入りする女官を通じて、噂として耳に入ってくるものなのだそうだ。なお、それほど好色な王でも、夕影姫には指一本触れないどころか、月に一度の神事で顔を合わせても、徹底して無視していたという。

別にその王が夕影姫を気に入らなかったとか、そういうことではなかったと思う。后を辞して十年以上経ついまでも、充分に美しい人だった。それは夕影姫個人がどうのという話ではなく、たとえ尚侍まで愛妾に加えるような王でも、「天羽の里から来た后」は、そもそも寵愛《ちょうあい》の対象ではない、それどころか、忌避するような存在だということなのだろう。妃の数は違っても、白波姫のときの王も、似たようなものだったらしい。

ちなみにそちらの王も尚侍を愛妾にしていたというので、住まいの異なる妃より、もっと身近な尚侍のほうが、寵を得やすいのかもしれない。

……っていうことは、この香野さんって、実は王の恋人だったりして。

一応の后である自分に気を遣って、そこを気心の知れた幼なじみだと、ごまかしてくれたのだろうか。そうだとすると、后という存在を内心でどう思っているかはともかく、尚侍として、后の立場にそれなりに配慮する気は持っているということだ。

こちらには、王との仲を邪魔するつもりはない。それがわかってもらえたら、今後も悪くない関係が築けるだろうか。

月に一度しか会わない王より、女官たちと顔を合わせる機会のほうが、よほど多いはずだ。できるだけ快適な生活を目指すためには、女官たちとの関係は重要になるだろう。もっとも、あの典侍のように、初めからああいう態度で接してくる相手に対して、こちらから媚《こ》びるつもりもないが。

「ほかにも、身のまわりのことを手伝ってくれる人はいるんですよね？」

「はい。後宮の十二司が、必要に応じてお世話します。今日明日のうちには、十二司の長がお世話のつど、御挨拶しますので」

「わかりました」

ほぼ軟禁状態とはいえ、女官の出入りがあるならそこまで退屈しないだろうし――

暇つぶしのすべなら、自分にはある。

「あ。……あの、あれが冬殿です」

香野が少しためらいがちに、前方を指し示した。

見えてきたのは、檜垣ではない。人の背丈の倍ほどありそうな竹を、びっしり隙間なくめぐらせた——青々とした竹垣。

しかも御丁寧に、天に伸びた竹の先端は、一本一本鋭く斜めに切ってある。

他の館は中がうかがえたが、これでは建物の屋根しか見えない。完全に、閉じこめるための囲いだ。乗り越えて逃げようという気も失《う》せさせる、見事な高さだ。

「話には聞いていましたけど——まぁ、いざ目にすると、立派なものですねぇ。こんなに太くて大きな竹、そろえるのも大変だったでしょうに」

「……はぁ……」

「しかも、まだ青い竹じゃないですか。新しくあつらえてくださったのかしら。これは感謝しませんと」

竹垣に歩み寄り笑いながら言う淡雪に、また香野が困惑の顔をする。自らを閉じこめるものに対して、のん気に感心しているのが信じられないという様子だが、別に言葉どおりに受け取ってくれなくてもいいのだ。これから人質になる者なりの皮肉なのだから。

真新しい竹垣を見上げていると、その先にある門の前に、誰かがいるのに気づく。さっき前を歩いていった、典侍とその他三人だ。置いていったはいいが、門前で待つ破目になったらしい。

「――遅い。何をしているのです」

典侍はうんざりした表情だったが、こちらはゆっくり歩いてほしいと言ってある。

「どこにも寄り道せずに来ましたよ。えぇと――若草《わかくさ》姫」

「……は？」

途端に典侍が、片頬を引きつらせた。

「え？　あなたの名前は若草だと伺いましたけど」

「……わたくしの名は、烏丸《とりまる》和可久沙です」

「あら、八家の方かと思いました」

「お、后――」

後ろから香野が、あわてて袖を引いてくる。

「姫名《ひめな》の若草じゃなくて、真仮名で和可久沙と書く、和可久沙さんなんです」

「……ああ、姫名風の名前だったのね」

姫名は八家に生まれた女子のみが名付けられる、雅《みやび》やかな名前だ。正式に呼びかけるときには、名に姫を付けなくてはならない。

先ほど香野から教えられた典侍の名が若草と聞こえたので、てっきり八家の出身で女官を務めているのだと思い、慣例どおりに姫を付けて呼んだのだが――先に氏まで確認しておけばよかった。豪族の中には八家にあやかって、娘に一音一字の真仮名で姫名のように聞こえる名前を付ける者もいると、世間話程度には知っていたのに。

しかも本物の姫名を持つ八家の女が、ただの姫名風の名前に姫を付けて呼んでしまうのは、嫌みに聞こえるから気をつけなくてはいけない、とも。

……これはうっかりしたわ。

和可久沙の表情は、天羽の女への悪印象がさらに悪くなったことを物語っていた。とはいえ、そもそもの印象が悪いのだから、ひとつ機嫌を損ねたところで、あまり違いはないか。

「失礼しました、烏丸の典侍。……で、わたしの住まいはこちらですね？」

「門は開けてあります。案内はここまでです。勝手に入って、中でお好きになさい」

顎をしゃくってうながしているあたり、相当腹を立てているようだ。

もっとも、姫名と間違われたくなければ、初めにきちんと名乗ればよかっただけなのだ。それを怠りながら一方的に怒るのも、理不尽ではないか。

そう考えると、こちらが謝ったことが急に馬鹿らしくなって、淡雪は冷めた目で和可久沙を一瞥《いちべつ》すると、さっさと門をくぐる。

高い竹垣に阻まれて、外からはまったく見えなかったが、庭は美しく整えられていた。真ん中に大きな池があり、その周囲に苔《こけ》むした石や青々とした草が配され、落ち着いた雰囲気だ。さらに見まわすと、松や楓《かえで》、藤、枝垂《しだ》れ桜《ざくら》なども植えられている。少なくとも、庭の景色を眺める程度の楽しみは、用意されているらしい。

門から敷地の奥にある建物までは石畳が敷かれていたので、淡雪はその石畳の道に沿って、先へ進む。案内はここまでというので、あとは自由に中を見てまわっていいのだと思っていたら、香野が一人で追ってきた。

「すみません、本当は中の御案内もあるのに……」

つまり、あの典侍は案内の仕事を放棄したということだ。

「よっぽど腹に据えかねたんですね、わたしが姫名と間違えたのが」

「ごめんなさい、あたしが先に言っておかなかったせいで……」

うなだれる香野に、淡雪は苦笑した。

「あなたのせいじゃなく、最初にちゃんと名乗らなかった、あの人のせいでしょう。姫名と間違われたくないなら、名乗ればいいんです。あいにくこっちは、心が読めるような『術』は持っていないんですから」

これは本当だ。遠くのものは見えても、人の心の内は見えない。

「そんなことより、これ、中に入るにはそこの階《きざはし》からでいいんです？」

「え……あっ、はい、はい。そうです。そこで沓を脱いで……」

香野は少しあせった様子で、門のほうをちらちら見ている。これ以上案内はしなくていいと、典侍に言われたのかもしれない。

「……大丈夫ですよ？　あとは好きなようにまわりますから」

「いえ。中まで御案内します」

香野がはっと顔を上げて、強く言った。典侍の機嫌を気にするより、尚侍としての矜持《きょうじ》が勝ったのかもしれない。淡雪は微かに笑みを浮かべ、白い沓を素早く脱ぐと、衣の裾を踏まないように気をつけながら階を上がる。

建物の周囲には、高欄と板敷の簀子《すのこ》がめぐらされていた。外観は天羽の里にもある大きめの民家とそれほど変わらない。

「出入口はこちらです」

あとから上ってきた香野が、建物の南西の角にあった戸を押し開ける。

「ここが表の出入口になります。あとは、この反対側……北東の角にも裏口がありますが、そちらは主に、女官たちが出入りします」

どうぞと言われて中に入ると、何もない部屋があり、その次の部屋に進むと、棚や卓、長椅子、衝立《ついたて》などが置かれていた。

「調度はほとんど、前の后の空蟬《うつせみ》姫が使われていたときのままです。足りないものや換えてほしいものがありましたら、お申しつけください。できる限りそろえます」

「そうですね。しばらく使ってみて考えます。……ところで、休むところは」

「そちらの部屋に、天蓋付きの寝台が」

「……ああ、ここなんですね」

奥の部屋を覗くと、幕に囲われた寝台にはもう夜具が用意されていて、すぐ休めるようになっていた。

「あとは、そちらの扉を出て左の奥が厠《かわや》、こちらにまっすぐ行くと湯殿があります。冬殿の中では、好きにお過ごしいただけますので……」

香野がまた、申し訳なさそうな顔をする。

「思ったよりも広くてよかったです。あとでゆっくり見てまわりますが、まずは少し休ませてもらいますね」

「あ、お疲れでしたよね。はい、どうぞ」

香野の表情がほっとして見えるのは、思いのほか早く退出できそうだからか。

結局、最初から最後まで香野が一人で案内してくれたことになる。だが香野とて、そもそもは王の近侍が仕事だ。今後、顔を合わせることはあまりないだろう。

そう思って、淡雪は香野に深く頭を下げる。

「案内、ありがとうございます。以後よろしくお願いします」

「ええ、承りました」

「あ、いえ、こちらこそ。……あとは次の神事まで、特に予定はありませんので」

失礼しますと一礼して香野が出ていき、淡雪はあらためて、あたりを見まわした。

庭に面した大きな窓のある部屋。ここが一番、居心地がよさそうだ。前任の后も、自分が暮らしやすいように調えただろう。それならあえていじらなくても、このまま使えばいい。ただ——

……わたしの場合、休む場所が大事だわ。

寝台のほかに長椅子がある。婚儀のあとで待たされた部屋にあった長椅子よりも、大きくて立派なものである。ここで休むこともできそうだ。

……疲れているのは本当だけど。

后の一日目だ。一日目にしか見られないものもあるだろう。

淡雪は長椅子の端に座り、そのまま横たわった。本当に寝てしまいそうだと思いながら、目を閉じる。

そして代わりに『目』を開き——開け放たれていた窓から、勢いよく飛び出した。

まずは上だ。都がどんなところか見てみたい。

上へ、上へと目指し、だいぶ雲が近づいてきたところで『目』を下に転じた。

眼下には後宮。その南側に、大小様々な建物が三十ばかり整然と並んでいるのは、役所の数々だろう。ここまでが宮城か。さらにその南には南北と東西に幾筋もの道が延び、あいだに無数の家々がひしめきあっている。天羽の里からここまでの道すがら見てきたどの町よりも大きく、等間隔で交差する街路は秩序を感じさせた。

左右に『目』を振り向けると、都の両側には緩やかな川が流れており、北には山、西には森、東には田畑が広がっている。緑を長四角にくりぬいた中に、都が納まっているようだ。

……都って、思っていたよりずっと大きいのね。

できれば隅々まで見てみたいが、自分の『目』は、都のどこまで届くだろうか。

とりあえず今日のところは、上から見るだけだ。あせって遠くに行くことはない。

まずは近くから。

真下に『目』を転じると、誰かが冬殿の門を出て、道を小走りで駆け抜けていくのが見えた。香野だ。下へ下へと戻り、香野の頭上まで下りてから、同じ速さでついていく。

香野は、先ほど王の館だと言っていた建物の敷地へ入っていった。

やはり王の館は一番大きい。敷地内には建物が二つあり、南側を昼殿、北側を夜殿と呼ぶらしい。その名のとおり、昼に過ごす場と夜に休む場なのだろう。

香野はまっすぐ昼殿の階を上がっていく。その背後にぴったりついて、一緒に屋内へ入った。

「——失礼します。戻りました」

香野が息をはずませながら言った。部屋には和可久沙以下、先ほどの内侍司の面々がそろっている。和可久沙はまだ不機嫌そうだ。

「后はおとなしくしているのですか」

「疲れたので休むと言っておいででした。歩きどおしだったそうですから……」

「鍵は」

和可久沙が香野の言葉をさえぎる。香野は無言で何かを差し出した。それを引ったくると、和可久沙は自分の横にいた女に手渡して命じた。

「冬殿の門の鍵です。闈司《みかどのつかさ》に戻してきなさい」

女はすぐに部屋を出ていく。なるほど、后が勝手に出歩かないように、門の外から施錠しているのか。

「掌侍《ないしのじょう》たちは先に通常の仕事に戻りなさい。残りの報告はこちらでしておきます」

和可久沙に言われ、さっき香野と一緒にいた少女らを含めた四人が退室する。

よく見ると、部屋には和可久沙と香野のほかに、もう二人いた。

一人は椅子に座った、赤い髪の——王。

先ほどの正装ではなく、おそらく普段着だろう、萌黄色《もえぎいろ》の衣に着替えている。婚儀のさいには、たしか頭に冠も被っていたが、いまはそれも外されて、髪を頭の後ろで無造作に束ねているだけだ。

その傍らにいるもう一人は、王と同じくらいの年ごろで、錆色《さびいろ》の髪に少々気弱そうな面差しの、浅緑色の袍を着た青年。浅緑の袍は、たしか五位の役人が着るものだ。

「えーと……それで、后は問題なく冬殿に入った？」

青年が香野を見て尋ねる。

「ええ。后は御自身のこれからの暮らしについて、よく御承知だったわ。……その、何ていうか、ものわかりがよすぎるくらいに」

青年の質問に対する香野の答え方は、報告というより、もっとくだけていた。香野は王と幼なじみだと言っていたが、この青年とも近しい間柄なのかもしれない。

「何がものわかりがいいのです。天羽の者ですよ。こちらを油断させるためにおとなしく見せかけているだけに決まっています」

「え、いえ、そういうのじゃなく……」

「――尚侍、典侍」

それまで黙っていた王が、片手を上げた。

「今日は朝早くから大変だっただろ。こっちは夕方までいいから、下がって休んで」

「ですが」

「何か気になることがあれば、蔵人所《くろうどどころ》に文書で出してくれればいいから」

ことさらに強い口調でもなく、どこか飄々《ひょうひょう》とした様子でさえあったが、それでいて和可久沙に口を挟ませない、頑《かたく》なさのようなものがうかがえる話し方だった。

「――あ、香野はちょっと残って。坂木の家に伝えてほしいことがあるんだ」

香野と和可久沙が退室しようとすると、青年がそう言って香野を呼び止めたため、和可久沙だけが部屋を出ていく。

三人はしばらく無言だったが、やがて王が口を開いた。

「……典侍、出てった？」

「と、思いますけど。見てきます」

青年が一度部屋の外に出て、あたりをうかがって戻ってくる。

「いません、いません。出ていきました」

それを聞くなり、いままできちんと椅子に座っていた王が、姿勢を崩して深く息をついた。

「あー……俺、あの典侍苦手でさぁ」

「いや、得意な人いないでしょう。蔵人所でも、みんな苦手だって言ってます」

「真照《まてる》も苦手かぁ。あの典侍が来たら、代わりに対応してもらおうと思ったのに」

「仕事の範囲でなら対応しますよ。喜んで、とはさすがにいきませんけど」

半笑いで言いつつ王の側《そば》にある机に寄りかかった、この青年は真照というらしい。

「和可久沙さん、あたしが来るまで何話してたの？」

「后の悪口？　無礼だとか、反抗的だとか……」

「ああ、それ、あたしのせいだわ。名前のこと、ちゃんと言わなかったから……」

「何、また姫名と間違えられて怒った？」

「そうなの。后が若草姫って呼んじゃって……」

また、ということは、自分以外にもあの典侍の逆鱗《げきりん》に触れた者がいたようだ。

「いや、あのさ。——典侍の話はいいんだよ」

王が姿勢を正して座り直し、少し前のめりになる。

「典侍じゃなくて、后は？」

「はい？」

「后の様子」

……え？

ずっと天井近くから眺めていたが、思わず香野と同じ目線の高さくらいまで、下りてきてしまった。

「ですから、后は冬殿にお入りになりましたよ？」

「うん。いや、そうじゃなく、たとえばさ、俺のこととか、何か言ってた？」

香野はぽかんと口を開けたが、面食らったのはこちらも同じだ。もっとも、こちらは勝手に『目』で覗いているだけなので、この困惑は伝えようもないのだが。

「は、じゃなくてね。俺、今日結婚したんだよ。あの子と」

「ええ、まぁ、婚儀はありましたね」

「俺、今日からあの子の夫なんだよ。あの子、俺の妻なんだよ。結婚したんだから、何か言うでしょ。夫のこと」

「いえ、全然」

「……」

どんどん前のめりになっていた王が、世にも情けない顔をする。いかつい人のように見えたが、そんな表情は子供のようだ。

「若君……じゃなかった、王、何言ってるんですか」

真照なる青年が、呆《あき》れ顔《がお》で腕を組む。

「結婚したって言っても、そこらの夫婦とは違うんですよ? 王と后ですよ? っていうか、七家と天羽ですよ?」

「王と后は夫婦だろ」

「昔はそうだったにしても、いまは実態が伴ってないんですから。王は王、后は后。

あの天羽から来た后だってことは、わかってるでしょう」

「いや、そうなんだろうけど……」

王は何故か少し悔しそうに眉根を寄せ、口を尖《とが》らせる。

「なぁ、香野、本当に何も言ってなかった？」

「ですから、全然、何も話題にのぼらなかったんですよ」

香野はいったい何なのよとつぶやいて、真照のほうを見る。

「ちょっと、真照。若君はいつからこんなに后のこと気にしてるの」

真照は腕を組んだまま、首を傾げた。

「いや、いま急に。婚儀が終わってからずーっと、変な顔で黙りこんではいたけど」

「変な顔って何よ、変な顔って……」

香野がひとつ息をつき、顎を引いて王を見すえる。

「若君。何なんです？」

「……もういい」

「よくないですよ。たしかに変です。何なんですか」

「いいんだよ。俺の話なんか、ひと言も出なかったんだろ」

明らかにすねた様子で、王は上体を起こして椅子の背にもたれた。

「后に話題にしてほしかったんですか？」

「そりゃ、気になるだろ。俺がどう見えてたのかは」

「気になさるほど、后とお会いになる機会はないでしょう。毎月の神事で、ちょっと顔を合わせるだけじゃないですか」

「……毎月の」

「月に一度です」

「え。……あ、月に一度っ？」

王がまた、勢いよく前のめりになる。その急な大声に、香野と真照はそろって一歩後ずさった。

「そうですよ。前からそう言っているじゃないですか。何をいまさら……」

「じゃあ、あの子に逢《あ》えるのも月一回？　一年に十二回だけ？　そういうこと？」

腰を浮かさんばかりの王に、香野と真照が顔を見合わせる。

「……え、ねぇ」

「これ……まさか……」

二人はさらに後ずさりつつ、王を凝視していた。

王は怒っているようにも悲しんでいるようにも見える、妙な顔をしている。

……まさか、何なの。

三人のやり取りをずっと見ているのに、話は見えない。

后――つまり自分のことを言われているはずなのに、何が何やら、さっぱりわからない。

沈黙が続く。

香野と真照は、王を見ている。

王は次第に、困ったような、でもどこか怒ってもいるような、それなのに、何故かうれしそうにも見える、何とも言い難い表情になる。

「……惚《ほ》れたんだよ」

ややあって――王がようやく言葉を発した。

ほんの少し、素っ気ない口調で。

「かわいかったんだ。色白くって、ほっぺたとかふわふわして、きれいで」

……え？

「ちょっ……」

真照が三歩で王の前に駆け寄り、その肩を摑《つか》む。

「天羽ですよ!?　天羽の后ですよ!?」

「待って真照。后が天羽から来たこととかわいいことは、別の話だわ」

「いやそうだけど、でもこれ分けたらまずいだろ!?」

青ざめながらも冷静な香野と、妙な表情の王とのあいだで、真照が頭を抱えた。

……かわいい。

誰が？

いまは后の話をしていたはず。

后は、誰。

すると王が、急に明るい声で言った。

「いやぁ、これ、もう、しょうがないだろ。天羽とかそんなの関係なく——あの子をかわいいと思っちゃったんだからさ」

照れたような笑みを浮かべて、真照と香野を見て。

「さっきからずーっと、あの子のことばっかり考えちゃってるんだよなぁ。これが恋？　やっぱり恋っていうの？」

「若君、若君落ち着いてください。后はまずいですよ！」

「俺は落ち着いてるよ。でも、惚れちゃったんだからしょうがない」

ははは、と笑い、王は首の後ろを掻《か》いた。

「俺の后なんだけどな。夫婦なのに、月一度しか逢えないなんてなぁ」

「若君——」

「ちゃんと夫婦になりたいんだけどな。あの子、淡雪と……」

……——！

思わず目を開けてしまい――『目』は閉じられた。

聞こえるのは、自分の浅い呼吸音だけ。

見えるのは――開け放たれた窓と、その向こうの軒先。

「……」

心の臓が早鐘のようだ。大丈夫だろうか。

長椅子の座面に手をつき、ゆっくりと体を起こしてみる。……何ともない。大丈夫。

あらためて姿勢を正して座り直すと、淡雪はほっと息をついた。そのまま静かに、窓の外の景色を眺めていると、心の臓もだんだん落ち着いてくる。

疲れているのに、飛び過ぎただろうか。いや、一度は高く飛んだが、遠くまで行ったわけではない。同じ後宮の中だ。すぐそこの、王の館。

……王。

一嶺鳴矢。

たしかに、婚儀で見た人物だった。赤い髪の。それは間違いない、はず。

でも、王は何と言っていた？

かわいかった。

惚れた。

「……えっ？」

誰が？　誰を？

俺の后。あの子。――淡雪。

「え？　……え？　何？　えっ？」

淡雪は思わず、あたりを見まわした。誰もいない。あたりまえだ。

「えっ、何……どういうこと？」

問うてみても、答えはない。

「……わたし、尚侍についていって……」

離れたところを見ることができる『術』。それが自分の力。

その力で見たものは、たしかに、王が香野たちと話しているところだった。

ちょっとぶっきらぼうな口調で。

惚れたんだよ、と。

……わたし？

そう、淡雪はたしかに、自分の名だ。王は間違いなく、名を口にした。

少しかすれた声で。

淡雪――

「……うそ……」

両手で頬を覆った。鼓動が再び速くなる。

まさか、そんな。

わたしは、名ばかりの后のはずなのに――

どこかで物音がした気がして、はっと目を開け飛び起きた。さっきまで明るかったはずの窓の外は、もう黄昏《たそがれ》の色に染まっている。

……いけない、寝ちゃったみたい。

長椅子に座って考えごとをしているうちに、横になって寝入ってしまったらしい。ふと気づくと、片方の肩に衣が引っかかっていた。眠る前はなかったものだ。そう思ったとき、背後で声がした。

「――あ、お目覚めになりましたか」

驚いて振り向くと、すらりとした立ち姿にぱっちりとした目の、可愛《かわい》らしさと凛々《りり》しさをあわせ持った、二十代半ばくらいの美女が、奥の部屋から出てきた。

「お休みになっておいでおでしたので、勝手ながら、夕餉《ゆうげ》の支度を始めてしまっておりました。お加減の優れないようなことはございませんか？」

「……あ……大丈夫、です」

内侍司の女官たちより幾分地味な服装だが、結い上げた髪には造花の挿頭が飾られている。椿《つばき》だろうか。そういえば香野が、他の司の女官も挨拶に来ると言っていた。

淡雪は肩に掛かっていた衣を持って立ち上がり、椿の挿頭の美女に向き直る。

「これ、掛けてくださったんですよね。ありがとうございます。わたし天羽の里から参りました、淡雪と申します」

「存じ上げております。遠路お疲れ様でございました」

美女はにこりと微笑《ほほえ》むと、淡雪から衣を受け取り、一歩下がった。

「わたくし、掃司《かにもりのつかさ》の尚掃《かにもりのかみ》を務めております、竹葉紀緒《たけばきを》と申します。本日より后の日々のお世話をさせていただきますので、どうぞよろしくお願いいたします」

「あ、こちらこそ……」

丁寧に腰を折った紀緒という女官に、淡雪も急いで頭を下げると、紀緒は、ふっと目を細めた。

「お直りくださいませ。そのようなことは不要です。あなた様は后で、わたくしどもはあなた様にお仕えする身ですので、どうぞ目下の者として接してください」

「ああ……はい、わかりました」

立場上のことは承知しているが、紀緒の物腰が、今日ここまでに出会った人々の誰よりやわらかだったため、つられてしまった。

「えぇと、それで、掃司……ということは」

「冬殿の清掃が主な仕事ですが、調度の管理や食事の配膳、洗面などの身のまわりのお世話も行います。つまり、雑用は何でもわたくしどもにお申しつけください」

それなら、日常的にここに出入りするのが、主にこの掃司の女官たちということになるのだろう。

「あなたが掃司の長ね？　掃司は何人くらいいるの？」

「わたくしのほかに典掃《かにもりのすけ》が二人、あとは女孺《にょうじゅ》が三十人おります」

「大勢いるのね」

「後宮内の清掃をすべて掃司でまかなっておりますので、人数は一番多いのです」

「この中の建物すべて？　まぁ、それは大変ね……」

ということは、王の館の清掃も掃司が担っているのか。

寝入る前にさんざん反芻《はんすう》した、『目』で見てきたあの王の言葉を思い出して、淡雪はつい、うつむいてしまう。

いや、しかし、一度眠ってしまったいまとなっては、あれは夢だったような気もしてきた。王は本当に、あんなことを言っていたのだろうか――

急な沈黙をどうとらえたのか、紀緒が気遣うように告げる。

「后のお世話に手がまわらないほど多忙なことはございませんので、遠慮は御無用でございますよ？」

「えっ？　あ、そ、そう？　それならよかった……」

いけない。いまはひとまず、そのことは置いておかないと。

淡雪はあわてて取り繕って、あたりを見まわした。

「あ、ところで、灯《あか》りはどこにあるのかしら。そろそろ暗くなってきたけれど……」

「灯りでしたら、そちらは殿司《とのもりのつかさ》の担当ですね。もうしばらくすると、誰か来るはずですが……その前に、お召し替えなさいますか？」

「お召し……あ、着替え？」

「そちらは巫女の服ですので。神事のさいはそちらに着替えていただきますが、普段はお好きなものをお召しくださいませ。この時季の衣はそろえてございますので」

「そういえば、朝からずっとこの格好だったわ……」

香野も着るもののことまでは教えてくれなかった。内侍司の管轄ではないからかもしれないが。

「お召し替えの前に湯をお使いになりますか？　後宮の慣例では、夕餉の前に湯殿に行かれることになっておりますが」

「そうなのね。でも今日はいいわ。婚儀の前に、湯浴《ゆあ》みしたから」

「でしたら、湯は明日の夕餉前にお支度いたしましょう。お召し替えはこちらで……」

紀緒にうながされて奥の部屋に入ろうとしたとき、隣りの部屋の戸が開いた。

「――紀緒さん、あの……あっ」

勢いよく顔を出した少女が、淡雪を見てあわてて直立する。

「し、失礼しましたっ。あの、いま夕餉が届いて」

「沙阿《さあ》、先に皆で御挨拶を。他に誰かいる？」

「います。声かけてきますっ」

少女は栗鼠《りす》のような素早さで引っこむと、廊下の奥に向かって誰かを呼んだ。

「……同じ掃司の人です？」

「騒々しい子ですみません。典掃の一人です」

苦笑しながら紀緒が部屋の隅にあった衣櫃《きぬびつ》を開け、中の何枚かを衣箱に移す。

「典掃？　まだ若そうなのに」

「あの子は十六です。ここでは皆、だいたい十二歳ころから働き始めますが、二十歳を過ぎると、結婚のために辞めてしまう子も多いのですよ。そうすると、十五、六で役職付きになることもありまして。――こちらはいかがでしょう」

紀緒は花の刺繍が施された衣と表着《うわぎ》を取り上げ、淡雪に見せた。もう薄暗くて色が定かでないが、どんなものを出されても特に拒む理由はないので、素直にうなずく。

実質人質とはいえ、まがりなりにも后は后ということか、上等な衣のようだ。

着替えようとしたところで、先ほどの典掃が数人の女官を連れて戻ってきた。

「あら、衣那《えな》も来ていたの。では、先に皆を紹介させてくださいませ。まずこちらが典掃の二人。貝沼伊古奈《かいぬまいこな》と小田垣《おだがき》沙阿です」

丸顔に下がり眉、垂れ目な二十歳ほどの女と、先ほどの小柄で茶目っけのある少女が、同時に頭を下げる。少女は沙阿と呼ばれていたので、年上のほうが伊古奈か。

続いて、顔立ちはごく平凡だが左頬に目立つ黒子《ほくろ》のある、二十代半ばくらいの女が一歩進み出た。

「殿司の尚殿《とのもりのかみ》、岩切《いわきり》衣那と申します。こちらの朝晩の灯りの消灯と点灯、並びに格子の開閉を司《つかさど》ります」

「――砂子真登美《すなごまとみ》。兵司《つわもののつかさ》の尚兵《つわもののかみ》です。後宮内の警護を担っております」

尚殿が一礼するとすかさず、その横にいた、おとなしげな面差しだが並の女よりも上背のある、二十二、三歳と見える女が、きびきびと告げる。

淡雪は手に取りかけていた衣を一度箱に戻して女官たちに正対し、頭を下げた。

「天羽淡雪です。以後、お世話になります。今日はたくさんのお名前を伺ったので、一度で憶《おぼ》えきれなかったらごめんなさい。――皆さんのことは、役職で呼んだほうがいいのかしら。それとも、お名前で？」

「あたし名前がいいです！　沙阿です！」

紀緒に尋ねたはずが、勢いよく挙手して答えたのは栗鼠のような少女だった。思わず淡雪が小さく吹き出すと、女官たちも一斉に破顔した。

「ちょっとぉ、この子は本当に……」

「じゃあ、みんな名前で。よろしいですか？」

「ええ、わかりました……」

少なくともこの中には、結局名乗りもしなかった老巫女や和可久沙のように、あからさまな態度の者はいないようだ。日常で顔を合わせる女官たちとは、なるべく穏便な関係を築きたかったので、まずは助かった。

「それでは、まずお召し替えを。——沙阿、衣櫃をここに」

淡雪が紀緒と沙阿の手伝いで着替えるあいだ、衣那が釣燈籠《つりどうろう》や燈台《とうだい》に火を入れ、窓の格子を下ろしてまわり、真登美が庭と建物の周囲を見まわり、伊古奈が夕餉の膳を運んでくれた。

衣那と真登美が先に退出したあと、奥の部屋で伊古奈と沙阿が、衣櫃から衣をあれこれと引っぱり出して、この裳《も》とこの領巾は合わない、夜着はどこにあるの、などとやっているのを眺めながら、淡雪は粥《かゆ》に青菜の羹《あつもの》、漬物、蒸した鳥の肉などの夕餉に箸をつけた。食事の内容は天羽の里とさほど違いはないが、味付けが上品で、丁寧に調理されている。

食後に茶を飲んでいると、一度下がって膳を片付けていた紀緒が戻ってきた。

「後ほど洗面の支度をいたしますが……あとは、何かお聞きになりたいことはございますか」

「そうねぇ……」

茶をすすり――頭に浮かんだのは、俺のこととか何か言ってた？　という言葉。

……え。

いや、何を言うのか。王について。何を訊けばいいのか。

そもそも夢だった可能性もあるのに。

違う。……夢ではない。自分自身にそんなごまかしをしてどうするのか。

「后？」

「え。あ、あのね、えー……」

しまった。眉間に皺《しわ》が寄っていた。

動揺をごまかすため、淡雪は素早く視線を周囲に走らせ、王のこと以外に尋ねたいことを探す。そして、ふと紀緒の姿に目を留めた。

淡紅の表着に縹色《はなだいろ》の衣。裳が黄色で、帯が萌黄色だ。そういえば、衣那や真登美も同じ格好をしていた。伊古奈たちもだ。

「えっと……あ、ねぇ、もしかして、女官ってみんな同じものを着ているの？」

「はい。内侍司以外は」

たしかに香野や和可久沙はそれぞれ違う格好だった。

「見分けがつかないとお思いでしたら、頭を御覧ください。司ごとに違う挿頭を使っておりますので」

「あ。……内侍司は藤の花だったわね。紀緒さんのそれは、椿？」

「はい。掃司は紅椿です。殿司が白い椿で、兵司は赤と黄の紅葉ですね」

「そこを見ればいいのね。わかったわ」

女官たちの挿頭を確認すれば、どこの司か区別はつくのだ。淡雪は茶の椀《わん》を両手で包み持ったまま、大きくうなずいた。

すると紀緒がにっこり笑いながら、自分の挿頭を指さす。

「十二司の挿頭はどれも、王の館の庭に植えられている花々なのですよ。とても見事な庭でして」

「えっ。……あ、ああ、そうなの……」

王のことはひとまず忘れようと、無関係の質問をしたはずが、話が戻ってきてしまった。淡雪はあわてて、茶の残りを飲み干す。

いや――やっぱり、あんな言葉を聞いてしまったら、気になるではないか。気になっても仕方ないだろう。だって。

……言われたことないもの、あんなこと。

后なんて名ばかりで、だから、神の前で婚儀を行ったところで何も起こりはしないのだと——王にとっても、后は人質のようなものなのだろうと、思っていたのに。

「あの。……紀緒さん」

「何でしょう？」

「王、って……どんな人？」

尋ねておきながら紀緒の顔を見られなくて、淡雪は視線をさまよわせる。

「わたくしどもから見て、当代の王はとても気さくな方でございますね」

淡雪のどこか落ち着かない様子を、気にしていないのか気づいていないのか、紀緒は挿頭の話をしたときとまったく同じ口調で言った。

「明るくて、お若いせいもあるかもしれませんが、偉ぶったところもなくて。わたくしどもは王の館にも出入りしますので、あまり気を張らずに仕事ができるのは、ありがたいことです」

「……そうなのね」

名ばかりとはいえ、一応は妻にあたる后に、夫の悪口は告げないかもしれないが、それでも紀緒が、ことさら良く言おうとしているようには見えないので、女官たちは好印象を持っているのだろう。

「そういえば、王の中には即位と同時に妃を迎えられる方もいるそうですが、当代の王は、そのようなお話は聞きませんね。春殿も夏殿も秋殿も使われなければ、わたくしどもの仕事もずいぶん楽ですから、王にはこのままでいていただきたいですが」

口調も変えず、にこやかに——紀緒がなかなかのことを言う。

「それ、は……ちょっと、かわいそう……？」

「女官の本音でございます。もっとも、王がこの先どうされるのかは、わたくしどもも存じ上げませんが」

口元を袖で隠し、紀緒はふふふと小声で笑った。……これはもしかすると、あまり余計なことをして仕事を増やすなと、こちらにも釘《くぎ》を刺しているのだろうか。

「……ごちそうさま。お茶、ありがとう」

「おかわりはよろしいですか？」

「ええ。もう充分」

できる限り部屋は汚さず、おとなしく過ごすようにしようと——淡雪はそっと首をすくめた。

……紀緒さんはああ言っていたけど、やっぱりいずれ妃は来るんじゃないかしら。

やわらかな夜具が敷かれた寝台で、淡雪は部屋の片隅に小さく点《とも》る灯りを見つめていた。昼間中途半端に寝てしまったせいか、なかなか眠れなくて、おかげで考えなくていいことばかり考えてしまう。

初めて顔を合わせて、どうやら王は何故か自分を気に入ったらしいが――月に一度しか会わないような相手では、そのうち情も薄れるのではないだろうか。

そうなれば、会えない后を気にかけるより、気軽に会える妃を迎えたいと思うようになるかもしれない。こちらもそのつもりでいれば、今後妃が迎えられたとしても、あのときあんなに惚れたの何だの言っていたくせに、と呆れずにすむというものだ。

……考えてみれば、気の毒だわ。

天羽から来たというだけの女と正式な結婚をしてしまったばかりに、これから先、本当に愛する人と名実ともに夫婦になりたいと望んでも、相手を愛妾以上にはできないのだから。

天羽の女との結婚は、王にとっては仕事のひとつでしかあるまい。名ばかりの夫婦など、虚《むな》しいだけだろう。

何度目かの寝返りを打ったが、まだ寝つけない。

「……」

淡雪は夜具を肩まで引っぱり上げ、目を閉じて――『目』を開ける。

壁を突き抜ける感覚を我慢して外に出ると、風の速さで庭を突っ切り、竹垣を飛び越えた。

微かだが月明かりがあり、あたりの景色がかろうじて見える。

道を隔てたすぐ前の檜垣を越えると、そこはもう、王の館の敷地内だった。距離としてはたいしたことがない、本当に目の前なのに。

……もう夜殿にいるでしょうね。

紀緒が見事だと褒めていた庭をぐるりとまわってから、二つあるうちの北側の建物にすべりこむ。戸も格子も閉まっていて、入れるところはない。ここも壁を抜けなければだめか。

体当たりするような気分で屋内に入ると、思いのほか明るかった。見ると天井からつり下げた燈籠と、部屋の中に立てられた燈台のほかに、それらの火とは微妙に色の異なる、幾らか赤みの強い大きな炎の塊がひとつ――人の背丈くらいの高さに浮いていた。

……『術』の火だわ。

炎の下には王がいて、何やら険しい面持ちで、足を組んで椅子に座っている。浮いている炎は、おそらく王が火天の力で出しているものだろう。

王の傍らには卓があり、その上には蓋の開いた硯箱《すずりばこ》と使いかけの筆、広げた冊子があった。冊子を覗きこむとどうやら日記らしく、日付や天気、その日にあったことが簡潔に記されていた。――が、今日の日付の下には何も書かれていない。日記を書くためにわざわざ『術』で火を出し、灯りの代わりにしているのだろうか。

……きれい。

空中にぴたりととどまっている炎は、入日のような色から、ときどき赤、青紫などに色を変えながら、部屋を照らし続けている。

その下にいる王は――先ほどからまったく動かない。

椅子の肘掛けに片手で頬杖《ほおづえ》をつき、難しい顔で何もないところを見つめている。

明るい、気さくと称した紀緒の言葉は間違いではないのだろう。昼間、香野たちと話していた様子は、まさにその言葉が当てはまる。

だが、いまはそのような雰囲気は感じられなかった。……別人のように。

炎を避《よ》けつつ、そっと王に近づいてみる。

あらためて――凜々しい顔立ちだ。表情豊かにしていたときには、こんなに整っているとは思わなかった。この表情は、今朝、婚儀で見たときに近い。

もっとも、あのときは目の前の人物が王なのかどうかを確認することを第一としていたので、その容貌について、深く考える余裕はなかったのだが。

しげしげと眺めていると、ややあって、王が頬杖をやめて大きく息を吐いた。

「……っぱり無理だ……」

無理。何が。

「こんな近くにいて、どうやってあきらめろって……」

……え？

すると王は突然卓に向かい、筆を取ると、天羽淡雪と結婚――と日記に書き付けた。

「あの子は俺の妻だから。……俺も、あの子の夫なんだ」

まるで確認するかのように、王が独り、つぶやく。

「あきらめない。……俺はちゃんと、あの子と夫婦になる」

それは。

間違いなく決意の言葉で。

さっきは軽口のように、かわいかっただの、これが恋だのと言っていたのに。

……本気……？

赤い炎に照らされた横顔を、淡雪の『目』は呆然《ぼうぜん》と見つめていた。

第二章　椿と桜

冬殿で暮らし始めて数日もすると、日々の生活が次第にできあがってきた。朝は日の出とともに起床。天羽の里では日の出前から祈りをささげる務めがあったので、朝は少しのんびりできるようになったということだ。

起きてしばらくすると、掃司と殿司の誰かが来て、灯りの始末や洗面の用意、着替えの手伝いをしてくれる。そして朝餉《あさげ》の膳が運ばれてきて、食べ終わると女官たちが館の掃除を始める。

掃除のあいだは邪魔になるので、天気がよければ庭を歩きまわることにした。天羽の里では巫女の住まいから神殿まで、雨の日も風の日も雪の日も、石階段を百段ほど上り下りしなければならなかったため、毎日大変ではあったが、そのぶん足腰は鍛えられていた。しかし冬殿にこもりきりの生活では、明らかに体がなまりそうだったので、とにかく歩くしかないと思ったのだ。一人きりには広すぎる館と庭は、ひとまわりすればそれなりの距離になった。

とはいえ、歩くだけではさほど時間もかからず、歩いているうちに掃除も終わって女官たちが帰っていくと、昼まで一人になるので、刺繍をしたり琴を弾いたり、書《ふみの》司《つかさ》が持ってきてくれた書画や絵巻などの読み物を広げたりしてすごす。里にいるときに后のたしなみとして、幾つか楽器や刺繍などの縫い物を習ったが、たしなみというより暇つぶしのためだったのかもしれない。

そんなことをしているうちに昼になり、ここで膳司《かしわでのつかさ》の女官が、軽く食べられる菓子などの間食を持ってくる。朝夕の食事は膳司が作って掃司が運んでくるが、これだけは膳司が直接届けるらしい。このとき膳司と一緒に薬司《くすりのつかさ》の女官が来て、体調の確認をしていく。薬司の問診は簡単なもので、膳司も間食を置いたらすぐに退出するので、あっというまにまた一人になる。菓子を食べ、自分で湯を沸かして茶を淹《い》れたりしたあとは、昼前と同じように時間をつぶす。

そして夕方になると水司《もいとりのつかさ》の女官が、冬殿の裏手にある井戸と湯殿に引いてある温泉の様子に変わりはないかを確認に来るが、このときはほとんどの場合こちらには声をかけず、勝手に確認して黙って帰っていくので、滅多に顔を合わせない。

水司と入れ替わりに掃司と殿司、兵司の女官たちが来るので、ここで湯殿へ行く。

湯浴みのあいだは兵司が湯殿の前で待機し、湯から出るまでのあいだに殿司が格子を閉めて灯りを点《つ》け、掃司が夕餉の支度をする。夕餉の前に殿司と兵司は下がり、夕餉がすむと掃司も帰っていく。あとは自分の好きなときに寝るだけだ。

毎日ほぼ決まった司の女官しか現れないので、一応は十二司すべての長から挨拶は受けたが、后の日常の暮らしと特に関わりのない司は、それきり会わずじまいだ。

そして、琴を弾いても帯の刺繡を始めても、それだけで退屈が解消されるわけでもなく――女官が来る時間と来ない時間がはっきりしているとわかってくると、淡雪は一人の時間に、昼寝のふりをして『目』であちこち見てまわるようになった。

天羽の里にいたときも、やることがない日はそうやってすごしていたので、そういう意味では、都に来ても生活はあまり変わっていないといえる。

この『目』で外を見てまわるようになって、昼間の都の様子もひととおりは見たが――つい、どうしても行き先は王のところになりがちだった。

あの王は、いったい何者なのか。

王と后は夫婦だと言った、あの王は。

名ばかりだと思っていたころは、自分とはまったく関わりのない人物だと、気にも留めていなかったが――あんな告白を聞いてしまっては、さすがに存在を忘れるのは難しい。

何日かに分けて観察を続けていると、王の一日が見えてきた。

朝、一人になってすぐに見にいくと、そのころにはもう、王は後宮を出て朝堂院に入り、明道、一嶺、浮、繁、玉富、波瀬の六家の高官が集まる合議に参加していた。参加といっても、政について意見を交わすのは高官たちばかりで、王はただそこに座っているだけのようだった。そこにいる意味はあるのかと思ったが、王の前での合議、という形式に意味があるらしい。つまり中身より形式が大事なのだろう。そんな合議がほとんど毎日行われていたが、たまにはない日もあって、そういうときは、王は昼殿で蔵人所の役人たちと相談しながら文書を作ったり、役人の作った文書に署名したりしていた。

いずれにせよ合議も執務も昼までで、王は昼殿で間食をとり、あとは夕刻まで好きにすごせる時間となっていた。

そんなとき王は何をしているのかといえば、牛車に乗って後宮を出て、宮城からも出て、決まって同じ場所に向かった。そこには古びた建物と広い庭があり、十数人の子供と二人の老女が暮らしていた。王はそこに着くと、子供たちに読み書きを教えたり、菓子を与えたり、あるいは大小の籠をくり付けた高さの違う棒を、何本も庭に立て、少し離れたところから船の櫂《かい》のような木の棒で、拳ほどの大きさの硬い鞠《まり》のようなものを打って籠に入れる――というようなことを、子供たちと一緒に始めるのだが、それが鞠打《まりうち》という遊びで、その場所は親のない子供たちが共同で生活している、仏道の寺だということ、二人の老女が尼僧だということがわかったのは、四、五日間見続けてからだった。鞠を蹴ったり打ったりする遊びは天羽の里でも日常的に行われていたが、籠に打ち入れるのは初めて見たし、仏道の寺も里にはないものだ。

王は日暮れ前には後宮へ戻り、あとは湯浴みをして夕餉をとるらしかった。こちらと生活習慣が被る時間のことは、見にいけないのでほとんどわからないが、そんな中でも判明したのが、先だって見た真照という青年は蔵人の職にある百鳥《ももとり》真照という者で、王の乳兄弟であるということ、そしてその真照と尚侍の香野が、実は恋人同士だということだった。香野は王の愛妾ではなく、本当にただの幼なじみだったらしい。

初日以来、香野が冬殿に顔を出したことはないが、次に会ったときに余計なことを言わずにすんだという意味では、早めに知ることができてよかった。

そして、香野が王の愛妾ではないとなると——現在、王のまわりに愛妾と呼べるような女人は、いっさい見あたらなくなってしまった。

それどころか、王はときどき、夜殿を抜け出すのだ。

独り、夜更けに外に出て、冬殿の前に立つ。そうして高い竹垣を見上げ、ため息をつく。ときには門の鍵を恨めしそうに引っぱったり、開くはずのない門の扉を押してみたり。

淡雪――と、つぶやいて。

見ているのがいたたまれなくなって、『目』を閉じ、こちらも庭に出たこともある。

だが、そんなことをしてどうするのかと――そもそも『目』で見ていなければ、門の外に王がいることなど知るよしもないのに、門の内から声をかけたりしたら、あまりに不自然ではないか、と。

偶然を装ったとしても、かける言葉など持ちあわせていない。

自分は名ばかりの后。名ばかりの妻。

天羽の女として人質になる覚悟はしてきても、王に好意を寄せられる事態など、露ほども想定していなかった。

自分だけではない。こんなことは天羽の誰も考えなかっただろうし、香野や真照があわてていたように、七家のほうでも予期していた者などいないだろう。

いったいこれからどうなるのか。

王はどうするつもりなのか。

期待も希望も、失望も怒りも悲しみも、感情を削れるだけ削り落としてここへ来たはずなのに、困惑という感情を抱える破目になっている。

こんな状態のまま――月に一度の神事の日が迫っていた。

月一度の神事の日は、女官たちがいつもより早くに来た。あわただしく朝餉をすませ、婚儀のときに着た白い巫女の服に着替え、迎えにきた内侍司の女官たちに連れられて、冬殿の外へ出た。

婚儀のときと違うのは、頭に白い薄布を被らず、髪を結い上げて真珠飾りのついた簪を挿していることと、白ではなく薄紫色の領巾を肩に掛けていることだ。

本来、后の正装は薄紫の衣なのだという。だが天羽の女が決まって后になるようになってからは、神事以外で后が公の場に出ることがなくなったため、后の礼服は作られていないのだそうだ。薄紫色の領巾は、その礼服の名残なのかもしれない。

今日迎えにきた内侍司の面々は、香野と和可久沙、典侍がもう一人に掌侍が四人という、このあいだと同じ七人だった。

ちなみに香野が愛想よく挨拶しつつも、何やら複雑な表情をしていたのは、たぶん王のせいだろう。

……そういう顔にもなるわよね。

とんでもない告白を聞かされた香野には同情するが、こちらとて、王に会ったときどんな顔をすればいいのかわからない。

いや、自分は何も聞いていないことが前提の態度でいなくてはいけないのだ。王が后に惚れたと言ったことも、夜な夜な冬殿の前に立っていることも、本来知るはずはないのだから。

……里にいるときは、ちゃんとできていたじゃない。

いかなることであっても、『目』で見たことは他言しない。実は見ていたということすら、さとられないようにする。これが鉄則。

この『術』を使う女がごくまれに生まれることは、天羽の里に暮らす者なら皆知っている。しかしこの力は、誰にも歓迎されないものだ。それも当然だろう。この力を持つ女が里に一人いるだけで、誰もが自分の生活を覗き見され、秘密を暴かれるかもしれない恐怖に、ずっとおびえ続けなくてはならないのだから。

まだ巫女に選り分けられる前、娘がこの力を持っていると気づいた母は、見たことがないほど険しい顔でこう言った。

――この先その力で何を見ても何を聞いても、決してそれを口にしてはだめ。口に出したら、困ったり、傷ついたりする人がいるのよ。それに、それが見てはいけないものだったとしたら、あなたの命も危うくなるのだから。

その後、巫女に選り分けられて家から離されてしまったが、月に二度、必ず会いにきてくれた母は、帰り際にいつも同じ言葉を告げて、戒めてくれたものだ。

幼いころは、ただ母の言いつけだからと従っていたが、年を重ねるにつれて、母の忠告はとても重要なことだったのだと、理解できるようになった。

この力のことは、親や里の長、上位の巫女などのごく限られた人々しか知らない。自分が巫女に、そして后候補になったのは、きっとこの力があったからだろう。だが同じ『術』を使える巫女はほかにもいたはずで、でもそのことは、こちらにはいっさい知らされていない。

それはつまり、自分もまた、誰かに見られているときがあるのかもしれないということで、だから勝手に覗かれるのは嫌だという気持ちもよくわかるし、見られていたとしても、せめて他言はしないでほしいと思う。

母の言いつけは、ずっと守っている。何があっても、決して人に告げない。

ある家のおとなしげな女人が、夫が出かけたあとに隣家の男と抱き合っているのを見たときも。穏やかで人あたりがいいと評判の老女が、家の中でさんざんに息子の妻を罵っているのを見たときも。ある少年が、他所《よそ》の家から貴重な冬場の食糧を盗んで川に捨て、別の少年がその盗みの濡《ぬ》れ衣《ぎぬ》を着せられ大人たちに折檻《せっかん》されているのを、陰でにやにや笑って眺めているのを見たときも。

自分は、ひたすら口を閉ざしていた。

見逃してはいけないことは、多々あった。誰かに伝えるべきではないか、伝えないのは卑怯《ひきょう》なことではないかと悩んだことも、数えきれないほどあった。

それでも、これは本来知るはずのなかったことだと、自分自身に言い聞かせて。

……ずるい生き方だわ。

外に出られない日々の退屈しのぎに、他人の秘密を暴き、悪事を見逃す。最低だ。

こんな力があって、何になるだろう。何の役にも立たないなら、せめてこの『術』を使わずに、日々をすごせばいいものを。

そう思いながら――それでもこの力を使わなければ、きっと、あの閉ざされた暗くわびしい、変化のない毎日を、耐えることはできなかった。

そう、耐えられずに心を病んで、それでも家に帰ることを許されない巫女たちを、何人見ただろう。この力で少しでも外の世界を垣間見られたからこそ、自分は自分を保ってこられたのだ。

だからせめて、何も見ていないようにふるまおうと。

動揺をさとられないように。

これは后の訓練と同じ。ずっとやってきたことだ。

何を見ても聞いても。

悪事でも、自分への好意の言葉でも。

……大丈夫。

落ち着いて、心を無にする。このあいだ婚儀に出たときと同じ。

冬殿の門を出ると、先導する典侍二人は竹垣に沿って進み、冬殿の裏手へとまわった。かなりの早足だったが、今日は疲れているわけではないので、淡雪は同じ速さでついていく。だが背後で走るような足音が聞こえるので振り向くと、掌侍の少女たちが小走りになっていた。こちらがついてこられなかったようだ。

「――そんなに急ぐんですか？」

先頭の和可久沙に声をかけると、和可久沙が足を止めて振り返り、いまいましげな表情を見せる。

「何です。のろのろと」

「あなたが速いんですよ。神事に遅れそうなんですか？　それなら次は、もっと早く来てください。そうでないなら、人がついていけるくらいの速さで歩いてください」

「黙りなさい。天羽の分際で」

あからさまな侮蔑の口調。

淡雪はすっと顎を引き、和可久沙を見すえた。

「たしかにわたしは天羽ですが、后でもあります。しかし都では后より典侍のほうが偉いとは、知りませんでしたね」

「……っ」

和可久沙の顔が朱に染まったのは、立場を諭された恥ずかしさではなく、天羽の女ごときに反論された屈辱のせいだろう。

「――そもそも典侍が同行する必要などない。わたくしは戻ります」

すごい形相のまま、和可久沙はどこかの鍵を叩きつけるように香野に押しつけ、さっきよりさらに早足で、もと来た道を引き返していってしまった。もう一人の典侍が一瞬迷った様子を見せたが、それでも和可久沙についていき、掌侍のうち二人も走ってそのあとを追う。

結局残ったのは、このあいだと同じ三人だ。

「……また怒らせたわね。わざとじゃないんだけど……」

つぶやいて嘆息し、淡雪が香野に目を向けると、香野は力なく笑った。

「和可久沙さん、最近いらいらしているので……。今日も虫の居所が悪かったんだと思います」

「典侍がいなくても大丈夫です？」

「はい、それは。内侍司は神事には加わりませんので」

「遅刻でもないのかしら」

「時間は充分ありますよ。一応、辰《たつ》の刻からだそうですが、厳密にそう決まっているわけでもなくて、王と后がそろったところで始めればいいみたいです。あたしもこのあいだ尚侍になったばかりなので、まだよく知らないんですけど……」

そう言って、香野が肩をすくめる。

「遅刻でないなら、普通に歩きましょう。ええと、ここからは？」

「あ、その門から出ます」

香野が近くに見える門を指さした。冬殿のすぐ裏手だ。

「ああ、このあいだ教えてくださった、ここを通ればすぐそこっていう……」

「そうです。今日は開いていますから」

どうぞと言いながら、香野と掌侍たちが扉を押す。開いたところから外へ出ると、たしかにこのあいだ通った、築地塀にはさまれた道だった。そして目の前にあるもうひとつの門も、すでに開いている。

「このあいだは、本当にすごく遠まわりしたんですね」

「そうなんです。すみません、あんなに歩かせてしまって……」

香野がまた申し訳なさそうな面持ちで、淡雪に門の外へ出るよううながした。要するに冬殿の裏に門が二つあって、そこを通れば社はもう見えているのだから、それはたしかにそんな顔にもなるだろう。

「おかげで後宮の中を見てまわれたので、よかったですよ。このあいだもここを通って冬殿に入っていたら、都へ来た実感もなかったかもしれませんし。——社、こっちでしたね？」

「あっ、今日は反対です。乾の社です」

婚儀を行った社のほうへ歩きかけた淡雪を、香野が急いで止める。

香野の先導で乾の社へ向かっていると、前方に何人かが歩いているのが見えた。

「あ——真照！」

香野が呼びかけると、前方の者たちが立ち止まって振り返る。

……あ。

王だ。ここで会ってしまった。

前方にいたのは三人で、一人が王、一人が香野の恋人の真照、もう一人は王に近侍している、たしか蔵人頭《くろうどのとう》だ。……王以外、本当は顔も名前も知らないはずの者たちということになるが。

振り向いてこちらに気づいた王は、遠目にもわかるほど、びくりと肩を震わせた。

あの告白を先に聞いていなければ、こっちを見て何故かおびえていたと、勘違いしただろう。

「おー、香野。……人数足りなくない？　内侍司みんなで来るんじゃなかった？」

真照が走って引き返してきて、首を傾げた。香野が決まり悪そうに言葉を濁す。

「えーとね、和可久沙さんが……あの……」

「——鳥丸の典侍は、わたしが怒らせたので帰りました」

香野の代わりに答えると、真照は目を丸くした。

「へっ。え？　あ、えーと」

后がしゃべったのが、そんなに意外だったのか。しかし后はしゃべってはいけないとも聞いていない。

「はじめまして。天羽淡雪です。やはり典侍がいないと、不都合がありますか」

「えっ。や、いやいや、そんなことは全然。むしろいなくても。あ、失礼しました。私は蔵人の百鳥真照です。えー、香野の許婚《いいなずけ》で」

「ちょっと、真照……」

香野がすかさず真照の脇腹を小突き、それはいま言わなくていいでしょ、とささやいた。

「あら、そうなんですね。それはおめでとうございます」

「あ、ど、どうもありが……っ」

「だから──あの、すみません、后。余計なことを」

脇腹に再度、香野の肘打ちを食らって、真照は完全に体を二つに折っている。

「いえ。坂木家も百鳥家も、たしか一嶺家の親戚筋でしたね。やっぱり王に近い家が要職を担うんですね」

「あ……そうですね。はい。真照は若君……えっと、王の乳兄弟なんです」

　とりあえず香野と真照については、これで知らないふりをしなくてはいけないことは、なくなったわけだ。知らないふりはひとつでも減らしたいので、ここで「余計なこと」を話してくれたのは助かる。

「でも、蔵人頭は今回、一嶺の縁ではなく、ちゃんと貴族の方がお務めなんですよ。あちらの方なんですけど。――あ、蔵人頭」

　香野の視線を追うと、先ほどまで王の横にいた蔵人頭が、こちらに歩いてきていた。王はまだ、もとのところに突っ立ったままである。

「――呼びましたか、尚侍」

「あっ、呼んだっていうか、蔵人頭のことも后に御紹介しないと、って」

「そうですか」

　四位の深緑色の袍に錆色の髪、小さな目の、あまり特徴のない薄い顔立ちだが、生真面目さはよく表れている、三十手前ほどの――たしかに蔵人頭だ。合議でも昼殿の執務でも、王の近くできびきびと働いているところはよく見かけた。

「初めてお目にかかります。蔵人頭の浮希景《まれかげ》です」

　王には少々及ばないが、それでも充分に高い背を、きちんと腰を折って屈《かが》めて一礼したのは、本当に貴族なのかと思うほどの丁寧さだった。浮家と天羽家は、貴族六家のひとつという点では、同等だ。

「天羽淡雪です。はじめまして。本日はお世話になります」

これに応えて、同じくらい丁寧に頭を下げつつ、そういえば名前は知らなかったと気づく。どこでも蔵人頭と役職で呼ばれていたので、聞いたことがなかった。

「蔵人所が直接冬殿と関わることはありませんが、月例祭のみ、儀式が滞りなく行われたかを確認するため、同席します」

「わかりました。——では、行きましょうか」

いつまでも立ち話していては、本当に遅刻してしまう。

淡雪は香野たちとともに歩き出し——前方でただ一人待っている王の姿に、一瞬、足が止まりかける。

王は、ずっとこちらを見ていた。

深紫の袍はこのあいだと同じだが、今日は冠をつけておらず、赤い髪を頭の後ろにひとつで束ねた、平時の髪型にしている。太刀も持っていない。王のほうは、月例の神事では政の場と同じ程度の服装でいらしい。

格好だけに着目して、どうにか顔は見ないようにし、なるべく自然に歩くよう努めながら、王のもとへ近づいていく。

……心を平らに。心を平らに。

あと十数歩ほどで王の前に着いてしまうというところで、淡雪は立ち止まり、顔は上げずに頭を下げた。

「――おはようございます」

はじめまして、ではないので、これくらいしか言える挨拶はない。

「っ……あ、おっ、は、よう」

これは――明らかにぎこちない。何も知らない状態なら、本当に王におびえられていると思いこんでしまいそうだ。

こんなことを考えつつ姿勢を戻して、淡雪はふと気づく。

王の背が高いということは、自分が見上げる動作さえしなければ、目は合わさずにすむのだ。まっすぐ立って前を向いても、自分の背丈では、目線は王の胸元にしかいかない。『目』で見ていたときは、ほとんど上のほうから見下ろしていたので、わからなかった。

そういえば婚儀のときも、王の顔を見たのは、最初のほんの一瞬だけだったではないか。

……これなら大丈夫だわ。

王がいまどんな表情をしていようと、見なければ、こちらもその顔に表れた感情に影響されることはない。そうだ。王と目を合わせないようにしよう。名案だ。王の顔なら、もう『目』で毎日見ているのだから。

「どうかしましたか、王」

「えっ？　いや、別に、何も？」

蔵人頭の希景に訊かれ、あせった様子で王も歩き出す。

完全に声が上ずっていた。目を合わせないと決めていなければ、思わず顔を見上げてしまっていただろうほどの、不自然さだ。

これだけ王の様子が変なのに、頑なに顔を見ない自分のほうも、もしかしたら同じくらい不自然かもしれないが。

……でも見ない、見ない。

ひたすら目線を下にして、淡雪は歩を進める。

しばらく砂利を踏む足音だけが響いていた。

王がいま、何を考えているのかはわからない。わからないが——自分の隣りを歩く王が、どうやら歩調を合わせてくれようとしていることには気づいた。

先ほどから、踏み出す歩幅が安定しない。一歩をどうにか小さくしようと試みているのだ。上背があるのだから、こちょこちょ歩くのは面倒だろうに。

……そういえば……。

このところずっと王の動向を『目』で追っているが、こちらが嫌だと感じるような場面は、一度も見なかった。

そこにいるだけの合議では退屈そうにしているが、執務は常に真面目にやっているし、役人や女官に偉そうにすることもない。寺では子供たちの面倒をよく見て、悪さする子がいれば真剣に叱り、逆にいいことをした子は、過剰なくらいほめていた。

ただ後宮ではたまに決まりを守らないらしく、寝過ごして洗面をすませないうちに朝餉を食べてしまったり、勝手に早朝から湯殿を使ったりして、そのつど和可久沙に嫌みを言われているというような話をして、真照に呆れられているところは見たことがある。

基本的にきちんとしていて気配りもできるが、四角四面ということはなく、明るくおおらか――というのが、いまの時点での王の印象だ。

視線を落とし、ときおり乱れる歩幅を横目で眺めながら、淡雪は思わず考えこむ。

悪い人物ではない。それはもうわかった。だから少しくらいは、親しく会話してもいいのかもしれない。その程度でも王が喜ぶなら。

とはいえ、王も言っていたように、しょせん会うのは月に一度。年に十二回だけ。しかもこちらは閉じこめられていて、世間話ができるほどの話題すら持っていない。そもそも会うのは神事のためで、今日はたまたまここで鉢合わせしたが、本当に神事だけでしか顔を合わせないような日もあるのではないか。

……やっぱり、何も話さないのが無難かしら。

いろいろ考えてみても、結局は同じ結論に至ってしまうようだ。

そうこうしているうちに、乾の社の前まできていた。入口の階を上ったところに、小澄藤波と葡萄色の領巾の巫女たちが待っている。

「おはようございます、王、后。どうぞ中へ」

「あ、どうも……」

「おはようございます……」

ひとまず神前では――雑念は捨てなくてはいけない。

淡雪は唇を引き結び、階を上った。


都での月に一度の神事は、天羽の里で毎日巫女の務めをはたしてきた身には、何か特別変わったところのある儀式ということもなく、少々長めの祝詞を読み上げた程度で終わってしまった。

王のほうも短い祝詞を唱え、『術』で出した火を奉納するだけの簡素なもので、藤波曰《いわ》く、大がかりな神事は小澄家と波瀬家の仕事であり、月例祭は王と后が健在であることを神に報告するくらいの意味合いなのだという。

そんなわけで一時も経たないうちに神事は終了し、あとは後宮に帰っていいということになったのだが。

「あの――ちょっと」

神事を行った部屋を出て、香野たちが待つ部屋に戻ろうとしていたところで、王に呼び止められた。

この状況で振り向かないわけにはいかないし、顔を見ないようにするのも、極めて不自然だ。仕方ないと腹をくくって淡雪がゆっくり振り返ると、王が緊張の面持ちでこちらを見下ろしていた。

「……何でしょう？」

「あの、えー……いま、話、できるかな」

「はい？」

「その……二人で」

話したい、ということか。

どう返事をしたものかと答えあぐねていると、王の背後にいた藤波が、まぁ、と声を上げた。

「いけませんよ、王。后と二人きりでの会話は禁じられています。それは王も御承知でしょうに」

「いや、それは知ってる。知ってますよ。けど、禁じられてる理由もわからないし、そもそも禁じる意味がわからない」

王は必死に藤波に訴えたが、藤波は少し気の毒そうな顔で首を振る。

「理由はあるのですよ。八家は本来、一致協力して『術』の安定を図らなくてはなりません。八本の柱で支えなくてはならないのに、その柱のうち一本は、都では唯一の天羽である后だけが支えている状態なのです。よって后の心のありようが、そのまま『術』の安定に影響してしまいます。后にはなるべく心乱されることのないよう、王とは距離をとることが求められるのです」

「え――いや、いやいや、俺が心を乱すって、何で決めつけられてるんですか」

前のめりで藤波に食ってかかった王は、あわてているようにも見えた。

「あなたがというのではなく、過去にそのようなことがあったのです。王と后の不仲が、とんでもない不安定を招いたと」

なるほど、ただたんに天羽が嫌われ者だから、后のことなど放っておくように決められているのかと思っていたが、『術』に関わるという理由もあったのか。

「不仲？　じゃあ仲が良ければいいんじゃ……」

「それは――王の周りが許さないでしょう。后の前で言うのは酷ですが、いまの七家の中に、天羽家に良い印象を持つ家はないでしょうから」

そう言いながら、藤波がちらりとこちらを見た。

「それは当然、小澄家も同じということですね？」

すかさず淡雪がそう返すと、藤波はちょっと目を見張り、それから愉快そうな笑みを浮かべる。

「まぁ、そうですね。家としては。ただ、后自身について悪くは思っていませんよ。たった一人、生贄《いけにえ》のように都へ送られてきたことには、同情してもいますし」

「……そうですか」

面と向かってここまではっきりした物言いをするということは、これは本音と考えてよさそうだ。

「……でも、やっぱり納得いかない」

うめくように、王がつぶやく。

「二人で話すぐらい――話すぐらいで不安定になったら、そもそも后一人に柱を支えさせるなんて、無理でしょう」

「まぁ、それは……」

食ってかかる王にも愉快そうな顔を向け、藤波はうなずいた。

「一理あるわ。それじゃ、試してみましょうか」

「試す？」

「王はそちらの部屋で、后とお話しください。話しているあいだ『術』の安定がどうなるか、私が確かめてきます」

藤波は神事を行った部屋の隣室を指さし、入るようにうながす。

「私は別室におりますので、お二人はしばらく、ここで」

「——ありがとうございます！」

王は勢いよく頭を下げ、すぐに隣室の扉を開けた。こうなってしまっては帰るわけにもいかず、淡雪は王とともに部屋に入る。

そこは艮の社で婚儀のあとに待たされた部屋によく似ていて、長椅子がひとつ置いてあった。

「——座って」

少しだけ目を上げると、いかにも気分が高揚しているように見える表情が、視界に入ってしまう。

……どうすればいいの、これ。

平静を保って、王と話すくらいどうということもないと証明すればいいのか、心を乱して二度と王と会話できなくするのがいいのか。

「いえ、わたしは……。どうぞ王がお座りください」

「え、立ってるの？　いや、座ろう。一緒に座ろう。二人で座れるから」

「……わかりました」

仕方なく、長椅子のなるべく端のほうに腰を下ろすと、王はちょっと迷う素振りをしたあと、反対側の端に座った。一緒に座りたがったわりに、そこは遠慮するのか。

「あのね、訊きたいことがあるんだけど」

「はい」

「何か――困ったこと、ない？」

「……」

あれほど目を合わせまいとしていたのに、王の顔をまじまじと見てしまった。

「困っ……た、こと、ですか？」

「そう。冬殿で暮らしてて、不便なこととか……あ、何かほしいものとかでも」

いったい何の話をされるのかと、ちょっと身構えていたというのに。

「……尚侍からも、同じことを言われています」

「え」

「足りないものがあれば、そろえると。ですが、いまのところ何も頼んではおりません。わたしが頼むまでもなく、必要なものは十二司の方々が、先んじて手配してくれますので」

「あ、そう……」

安心したような、拍子抜けしたような、そんな表情だ。

「王自ら御心配くださり、恐縮です。特に不便なくすごしておりますので、どうぞ、以後はお気遣いなく」

軽く頭を下げ、そして目を上げると——王は、口を真一文字に結んでいた。

この顔は何度も見た。夜、冬殿の前に立つ王は、いつもこんな、悔しげな顔をしている。

「……俺のこと、嫌いかな」

「えっ？」

「あ、いや、俺っていうか……天羽の人って、やっぱり、こっちの……七家のこと、嫌いなのかな、と思って……」

悔しそうな顔から急に悲しそうに目を伏せ、一段声を低くして、王がつぶやいた。

よくこう目まぐるしく表情が変わるものだ。

「……天羽の里で、わたしがどのように暮らしていたか、尚侍からお聞きではないですか」

「う。……まぁ、聞いた。小さいときから、外に出てないって」

「はい。里の民とも隔てられておりました」

香野はあの話を、王に伝えたのだ。

「ですからわたしは、里の者たちが七家をどう思っているのか知りませんし、わたしも七家に思うところはありません。わたしはただ、神に祈る日々を送ってきただけですので」

天羽と七家に何があったのかは定かでないし、実のところ、七家に憎悪を持つほど天羽家にも愛着はない。隔絶された中では、会えない自分の弟妹たちにすら、もはや情がわかないというのに。

「七家を嫌って心を乱すようなことはありませんので、御安心ください」

「そっか。……いや、うん」

今度はどうしてか、さびしそうな顔をする。何とも思っていないのだから、喜ぶかと思ったのに。

「あの――じゃあ、言葉」

「はい？」

「そんなに丁寧にしなくていいよ、俺に。あー、ほら、年も同じだし」

「……それはできません。あなたは王ですし……」

何を唐突に言い出すのか。

「え、だって、きみは后だし。王と后ってさ、えー、ほら、ふ、夫婦、だし」

夫婦のところだけ、思いきり声が上ずった。

「夫婦であっても、対等というわけではありませんし」

「え。夫婦は対等だよね？」

「天羽では違います。夫は家長ですので、立場が上です」

「そうなの？　いや、でもさ、そこまでへりくだったりしないよね、夫婦なら」

「……」

　どうだっただろう。程度の差はあれど、夫が威張っている家しか見たことがない。そういえば自分が巫女に選り分けられたとき、母は娘を巫女にはしたくないと言っていたが、父の、選ばれた以上は従うものだという一喝で、話は終わってしまった。

　もっとも、父は父なりに家族のことを考えたのだろう。本来、天羽の氏を名乗れるのは本家ただひとつだが、一族が石途国の天羽の里へ移って以降、本家は巫女を出した家にのみ、同じ天羽の氏を名乗ることを許したのだ。

　そして天羽の氏を持つ家とそうでない家とでは、暮らしの格が違った。天羽の氏を持つ家には雪深い冬場に食糧も燃料も多めに与えられたし、大きな家も建てられた。娘一人を差し出すだけで一家の生活は格段に潤うのだから、家長である父にしてみれば、妻や当の娘の気持ちなど汲《く》む余地はなかったのではないか。

「え。天羽の夫婦って、そんな感じ？」

「すみません、巫女になる前のことしか、わからなくて……。あまり憶えていないのですが」

「ああ、そっか。いや、あのさ、夫婦って対等だから。少なくとも俺は、そう思ってるから」

「……はい」

「だから、その……淡雪姫もさ、そんな、俺にかしこまらなくていいんだよ」

そう言いながら、姫は付けるのか。たしかに姫名ではあるが。

怪訝《けげん》な顔になってしまっていたらしく、王が途端に不安げな面持ちになる。

「え？　何？」

「いえ。……こちらでは、妻を姫名呼びするのですか」

「え。淡雪って呼んでいいの!?」

一瞬で顔が明るくなった。忙しい。

「どうぞ。……お好きにお呼びください」

どうせ夜ごとに、門前で淡雪と呼ぶのを聞いているのだ。いっそ面と向かって名を呼ばれたほうが、独り言でつぶやかれるより、心は乱れない気がする。

「じゃあ――じゃあさ、淡雪も、俺のこと鳴矢って呼んでよ」

「……は？」

これは予想外だった。

思わず口を半開きにして固まっていると、王は満面の笑みで、力強くうなずいた。

「名前で呼び合うとさ、夫婦らしくなると思うんだよね」

「……」

ついていけなくなってきた。

いや、たしかに夫婦だ。夫婦なのだが、こちらは人質だ。

「すみません。無理です」

「えっ!?」

そんなに悲愴感《ひそうかん》あふれる顔をされても、無理なものは無理だ。

「王と后ですから。王と后は、普通の夫婦ではないと思います。ですから、夫婦らしくなる必要もないかと存じますが」

それは、香野と真照も話していたことだ。そこらの夫婦とは違う。実態が伴っていない。いくら王が対等を望んでも、現実はそうはなりえないのだ。それを、わかってくれれば。

「……たしかに、一緒に暮らせないし、そこは普通じゃないけど」

低いつぶやきは、すねたような響きで――こちらのほうが、少し切ない気分になる。

「普通じゃなくても、対等なんだよ」

「……はい」

「だから――そうだ、来月の神事までには、俺のこと、鳴矢って呼べるようになっておいて」

「はい？」

「あと、言葉もね。来月は丁寧にしなくていいよ」

「え、それは……」

「うん、決まり。楽しみにしてる」

「……」

どうしてそうなるのか。どうして。

反論の言葉を探していたそのとき、扉が開いて藤波が入ってきた。

「――もういいでしょう、王。そろそろお帰りを。蔵人たちも待っていますよ」

「え!?　まだ全然しゃべってないですけど？」

「そもそも慣例を破っていることを自覚してください」

呆れ口調で言いながら、藤波が王を追い出そうとする。王は渋っていたが、淡雪が先に腰を上げると、あわてて椅子から立った。

「それで――『術』はいかがでしたか」

王があまりに突拍子もないことばかり言うので、正直、平静を保てた自信はない。

だが藤波は、淡雪の顔をじっと見た。

「思いのほか安定していましたよ。あなた方が、どのような話をしていたのかは知りませんが」

「……そうなんですね」

つまり、これくらいの動揺なら、『術』には影響しないということだ。淡雪が内心でほっとしていると、王もうれしそうに、ひとつ手を叩いた。

「ほら！　話すぐらい全然問題ないんですよ。だからこれからも……」

「来月の神事は艮の社ですから、執り行うのは波瀬家ですよ。あの波瀬有明《ありあけ》が、慣例破りを許すはずがないでしょう」

冷ややかな藤波の言葉に、王は世にも情けない顔をする。……ちょっと面白い。

「何だよ……波瀬の巫女だって、慣例破って五十過ぎても祝の長やってるだろ……」

あの朱華色の領巾の老巫女は、波瀬有明という名だったのか。そういえば和可久沙同様、名前を聞いた憶えがない。天羽をことさらに嫌う者は、もはやこちらに名乗る気もないということか。

「自分のことは棚に上げるのが波瀬有明です。その次の月も波瀬の巽の社ですから、大目に見る私が仕切る月例祭は、三か月後ですね」

「えー!?」

「順序は変えられませんよ。――それから、もういいかげんに私に対しても王らしくしてください。いつまでかしこまっているのです」

「……そういうところが、むしろかしこまらせてるんじゃないですか。いま偉そうにしたら、むしろ王じゃなくなったあとが怖いんですよ」

王が恨めしげに藤波を見る。王なのに祝の長にずいぶんへりくだっていると思っていたが、旧知の仲なのだろうか。七家同士なら知り合いでも不思議はないが、こちらには親しい態度への変化を求めておきながら、自分は藤波への態度をなかなか変えられずにいるらしい。

「王が王らしくふるまって、それで不満は言いませんよ。さぁ、もう出てください」

「……」

振り向いた王と、目が合ってしまった。明らかにしょんぼりしているが、何か声をかけるべきだろうか。

「……三か月後までに、言葉を改められるように努めておきます」

「うん。……うん」

何度も振り返りつつ、しかし最後にひと声かけたのが効いたのか、少しだけうれしそうな顔に戻って、王は部屋を出ていった。

扉を閉め、藤波が淡雪のほうを見る。

「后は少しお待ちを。帰りは一緒にならないよう、時間をずらしてください」

「わかりました」

もしかすると、行きも一緒に来てはいけなかったのかもしれない。どうやら王と后は、必要以上に接触してはいけないという決まりごとがあるようだ。

「そこまで過敏にならなくてもいいと、私は思うのですけれど——そうは思わない者たちの目がありますのでね」

藤波が苦笑してそう言い、長椅子に腰掛ける。

「天羽に対する感情は、本当に個々人で違うから、面倒で……ああ、失礼しました。私だけ座ってしまって」

「いいえ。どうぞそのままで。——やはり王と后は、なるべく離れた状態でいるのが七家としては好ましいということですか」

「そう考えるのは、『術』の安定に過度にこだわっている者か、これまでの天羽の后に振りまわされたことのある者だけでしょうけれど」

「……振りまわされた？」

閉じこめられているだけの后が、何を振りまわせるというのか。淡雪が眉根を寄せると、藤波は逆に表情をやわらげて、長椅子の端に座り直した。

「どうぞお掛けください。私とも少し話しましょう」

「……尚侍たちが待っていますが、大丈夫ですか」

「祝詞のことで后に伝えることがあるから時間がほしいと、言ってあります。本当のところ、あなたの読み上げは完璧でしたので、指導することは何もないのですが」

　床に引きずりそうになっていた葡萄色の領巾を持ち上げて膝にのせ、藤波は横目で淡雪を見る。

「后の役目を終えた巫女たちは、いずれも天羽の里に帰りましたけれど——あなた、会ったことは？」

「……あります。ここへ来る前、白波姫と夕影姫に」

「六十六代、七代の王の后ですね。白波姫は王の在位が三年と短かったので、早くに天羽へ帰れました。夕影姫は……七年、よく耐えられました。初めは大変だったようですけれど、二年目くらいから慣れてくれて……」

　独り言のようにつぶやいて、藤波は微かに表情を曇らせた。

「……冬木姫《ふゆき》には？　会いませんでしたか？」

「冬木姫ですか？　いえ、一度も……。いつの后ですか？」

「六十八代目の王の、最初の后です」

「最初……」

　そういえば、子供のころに聞いたことがある。六十八代目の王の后が、王の在位中ではあるが、病気か何かで里に帰ってくるので、代わりの后が出発した——と。

「空蟬姫のことは聞いたことがありますが……」

「空蟬姫は冬木姫に代わって后となった、二番目の后ですね。冬木姫は五年間、后を務められましたが、その五年は、こちらにとっても大変な五年でした。何しろ三年目ごろから毎日のように心身の不調を訴え続け、最後の一年はほとんど床に就いているような状態でしたから、常に誰かが付き添っていなければならなくて」

淡雪から目を背け、正面を向いて、藤波は小さく息を吐いた。

「先ほども言いましたが、后には『術』の安定のために、后自身の心の安定が求められます。しかし、冬殿に閉じこめられたままの状態で、毎日変わらず、ただ時を潰すだけの生活は、退屈を超えて――生きたまま人形でいろというようなものです」

「……ええ」

それはよくわかる。天羽の里も同じようなものだ。

「そんな生活が続くと、心を病む后が出てきます。心の安定が求められているのに」

「……それなら、ある程度の外出を認めればいいのではないですか」

都を少し出たところには景色のいい場所もあったし、都の中でも、市などは活気があって楽しそうだった。十日に一度でもそんなところへ出かけられれば、気晴らしになるだろうに。

「そうできればいいのでしょうが、過去の天羽の后たちが、それでかえって心を乱してしまったのですよ」

「過去の、って……白波姫よりも前ですか？」

「そうです。過去も過去、天羽家が出ていってからしばらくの后たちです」

それから藤波が語った話によると、天羽一族が都を離れてから三年後、『術』の安定のため七家が交渉を重ねた結果が実り、第六十代の王の在位中、天羽の里から秋風《あきかぜ》姫なる女が一人、后として都へ送られてきたのだという。

ところがその秋風姫というのがとんでもなく自尊心が強く、後宮に入ることを拒み広い館を求め、それでいながら当時の王に、いまの后は自分なのだからと、事実上の妻だった前の后を後宮から追い出すよう要求するなど、とにかく好き放題ふるまったのだそうだ。

それでも都で唯一の天羽であり、『術』の安定には欠かせないのだからと、秋風姫の希望はすべて通るようになっていた。ところが何年かすると、秋風姫がいるはずなのに、『術』が急に不安定になってきた。原因を探ると、秋風姫が常より目をかけてきた——もっとあけすけに言えば、密《ひそ》かに恋人にしようと狙っていたとある若い官吏が、許婚と結婚すると聞き、嫉妬で心が乱れに乱れていたというのだ。

これではせっかく天羽の女がいても意味がない。だが、いなくても困る。仕方なく王は譲位を宣言し、秋風姫を天羽の里へ帰すとともに、次の王の后を送るよう依頼した。そして次に来た白露《しらつゆ》姫は、秋風姫ほど我儘《わがまま》ではなかったものの、名実ともに后でいることを望んだという。

しかし後宮には王の愛妾も妃としており、白露姫が妃と対立するたび『術』は不安定になった。それでも白露姫は数年後に懐妊し、王の子を生んだ。天羽の血を引く子が都にいれば、『術』はさらに安定するはず——七家はその子を都で養育させるつもりだったが、代替わりで王が辞すると、白露姫はその子を連れて、天羽の里に帰ってしまった。

次の后、また次の后と、王が代わるたびに似たようなことがくり返された。そのころにはすっかり、天羽の后は厄介だという認識が、七家のあいだでも後宮の女官たちのあいだでも、定着していたが——そんな状況を決定的に変えたのが、六十五代目の王だった。

王は都に来た后を高い柵で囲った冬殿に閉じこめ、神事以外での外出は許さず、王自らも冬殿に足を踏み入れようとはしなかった。それどころか、后の心の安定のためという理由で指一本触れることなく、面会も神事のときのみとし、后を完全にただのお飾りにしてしまったのだ。

だが、このとき后となった朝露姫《あさつゆ》は、それ以前の天羽の女たちとは違い、もとよりおとなしかったようで、静かで変化のない生活にもよく馴染《なじ》み、『術』も長く安定したという。

ところで王の在位期間は、短いときは三年程度、長くても十年ほどなのだが、この六十五代目は、異例の十八年間、王位に就いていた。あまりに長い在位期間のうちに朝露姫が病となったため、后が途中で代わることとなった。六十五代目の王は、次の后も朝露姫と同様の環境に置いたが、このときも淡々とした生活が功を奏したのか、『術』に大きな乱れは起きなかった。

以来、この成功例にのっとって、いかなる后が来ようとも外へは出さず、王とも接触せず、ただ『術』の安定のためにあれ——というやり方が根付いたのだが。

「……実のところ朝露姫の病は、この閉じた暮らしに、もはや耐えられなかったからだろうと、言われています」

藤波の声は、よく耳をすまさなければならないほど密やかだった。

「天羽から来たのだから耐えよと、強い態度で后を抑え……しかし、このやり方ではかえって心を病みます。無理もない。ですが我々は、后の心が耐えきれずに『術』を不安定にさせるまでは、このやり方を続けるべきと決めました」

「また振りまわされたくはないから——なんですね」

淡雪は、深く息をつく。

「面倒を避けたいのなら、王がわたしと話したがるなんて、もってのほかではないですか」

「ええ。そのとおりです。もっとも、一嶺鳴矢が次の王に決まったときには、これは何かあるかもしれないという気もしましたが。何しろ、あの赤い髪ですし……」

「え？　髪の色が王の適性に関係あるんですか？」

髪の色は——ただ、その者が持つ力を表すだけのもののはずだ。

千和ではほとんどの民が黒い髪の色をしているが、これは『術』を使う力を持たないためである。逆に黒以外の髪の色を持つのが貴族の八家、そして一部の豪族だ。

黒以外の髪の色でも、力が弱い者は榛色や鈍色、錆色などにしかならない。しかし八家に生まれたり、豪族出身でも『術』の鍛錬を積んだりすると、檜皮色《ひわだいろ》や薄墨色になる。八家に生まれた中でさらに『術』をよく使う者は、ここから落栗色、薄鈍色、あるいは茜色《あかねいろ》となり、力の強さが極まると、髪は黄金色、白銀色、真朱色《まそほいろ》——つまり金、銀、赤の色となるのだ。

どの髪の色で生まれてくるかは、実際に生まれてみるまではわからないらしいが、やはり両親のどちらかに似た色になる場合が多いという。そして数としては、貴族が十人いれば五人が金系、四人が銀系、一人が赤系の髪だとは、よく言われていた。

一嶺鳴矢の髪は、赤——おそらく茜色だ。

「適性といいますか、そもそも赤い髪が少ないので、赤い髪で王になった者も少ないのですが……赤い髪の王は変わり者が多いと、昔から言われています」

「……そう、なんですか？」

　初耳だ。もっとも天羽の里で、王の資質が話題になったことなど、たぶんなかったと思うが。

「まず、赤い髪そのものが珍しいですからね。それで王が何か人と違ったことをしたときに、髪の色のせいかもしれないと、周りが思ったのかもしれませんが」

「では、本当のところは……」

「いえ……当代の王に関しては、おそらく、本当に変わり者です」

「え」

　淡雪が目を瞬かせると、藤波は少し困ったような顔で笑みを浮かべる。

「一嶺鳴矢の母親は小澄家の出で、私の従妹《いとこ》なのです」

　旧知というか、親戚だったのか。

「ですから王のことは、子供のころから多少は見知っていましたが……変わった子だとは思っていませんでしたね。あの子が十二歳で家出をするまでは」

「――家出？」

　思わず甲高い声を上げてしまった。藤波は小さく笑ってうなずく。

「突然いなくなったのだそうです。家を出たくなったから出ると、書き置きがあったというので、誰ぞにさらわれたとかいう話でもなく」

「自分から家を出た……ですか」

「ええ。もちろん一嶺家では方々捜しまわりましたが、見つかったのは結局一年近く経ってからで。しかも生まれつき檜皮色だった髪が、いまのような色に変わっていました」

「え……」

髪の色が大きく変わるのは、力を小出しにして『術』を継続して使い、何年もかけて変化させたときか、一度強い力で『術』を使って一気に変化したときかの、どちらかしかない。一年のうちに檜皮色が茜色にまで変わったということは、王は家出中、何か理由があって、強力な『術』を使ったのだろう。

「何故、家出なんて……」

「それはわかりません。帰ってきた本人も、決して語らなかったそうですが……おそらく、何か思うところがあったのでしょう」

当時を思い出しているのか、藤波は遠い目をしている。

「貴族でありながら家出をしたことがあるというだけでも充分変わり者ですが、あの髪の色になったことで、一嶺鳴矢は王の候補に入りました。……ただ、六十八代目の王が極めて優秀で、六十五代の王に次ぐ長期の在位を望まれていたのと、その次の王がほぼ内定している状況でしたので、赤い髪の王候補に出番があるとは、誰も思っていなかったのですが」

「何か……予定が変わったということですか」

「そうです。六十八代の王自身は、あまり長く王位にいるのはよくないと思われたようでして、予定より五年早い退位を宣言し、次の王を指名なさいました。それが一嶺鳴矢です」

淡雪に顔を向け、藤波が静かに告げた。

「六十八代の王の退位から、すでに内定している次の王候補が即位されるまでの五年――それが、あの赤い髪の王の、就任期間です」

「五年……」

長いと思うべきか、短いと思うべきか、それは何とも言えないが。

「……期間が決まっていたとは、知りませんでした」

「ええ。おそらくお聞き及びではないかと思い、ここでお伝えしました。中継ぎとはいえ、過去の例と比べて、在位五年は決して短くはありません。二、三年で退位した王とて、何人もおりますので」

ふと、中継ぎという言葉が引っかかった。

どこかで聞いた。そう、たしか都へ来た初日――婚儀のあと、あの朱華色の領巾の老巫女が、藤波との会話で使ったのだ。しょせん中継ぎではないか、と。そして藤波も、中継ぎでも王だと返していた。

あの一嶺鳴矢は、王位に就いたときから、周りにそう思われているのか。この王は中継ぎなのだと。

……それって失礼じゃない？

中継ぎだという前提は、無意識のうちに、王の立場を軽いものにするだろう。現に老巫女は、しょせん中継ぎと言った。

「五年というのは、変わらないんですか？　たとえば、延びるようなことは……」

前の王が優秀で在位が延びたのなら、同じことがあってもいいはずだ。自分が見た限り、一嶺鳴矢は少なくとも無能な王ではなかった。

「五年は変わりませんので、そこは御心配なく」

淡雪にとって、在位の延長は歓迎できない話だと勘違いしたのか、藤波は苦笑して言い切った。

「何故五年かというと、次の王候補がまだ十三歳だからなのです。十八歳にならなければ、王位には就けませんので」

「十三歳？」

まだ子供だ。

「そうです。十三歳ですが、すでに髪は白銀色で、極めて強い力を持っていると見られています。子供のうちにあれほど見事な銀の髪には、そうそうなれませんよ」

大きくうなずく藤波の様子から、人々の期待が相当高いのだろうとは察せられたが。

……何だか納得いかないわ。

次の王の成長を待つあいだを任されているだけだと、決めつけられているなんて。

王は、自分の立場をどう思っているのだろう。

訊いてみたいと思ったが——慣例どおりならば、今後、王と話す機会は、ほとんどないのかもしれなかった。


淡雪が乾の社から冬殿に戻ると、まだ掃司の女官たちが残っており、着替えなどを手伝ってから退出した。すでに昼近かったため、ほどなく膳司と薬司の女官が来て、いつもどおり間食を置き、体調の確認をして帰っていった。

薬司の女官には特に具合の悪いところはないと伝えたが、実のところ首や肩がやけに凝っていて、神事に出ただけでこんなに体が固まるはずはないのだが——と考えたところで、乾の社に入る前から、王の顔を見ないように目線をひたすらまっすぐ留めていたことを思い出す。これで肩が凝ったのだ。ずっと姿勢を保とうと緊張していたから。

……そんなに身構えなくてもよかったのかも。

一人なのをいいことに、長椅子に足を投げ出して座り、豆や胡桃《くるみ》の入った少し甘く味が付けられた餅を食べながら、淡雪はぼんやり考えていた。

自分がうっかり惚れたの何のと聞いてしまったから意識したが、もしそんなことを知らなければ、今日の王は、天羽の后が後宮で不自由していないか気にかける、ただのいい人だ。かしこまらなくていいとか、名前で呼び合おうとか、そういうことも、堅苦しくならないようにという気遣いのうちだと、解釈できなくもない。……本当のところは、少しでも親密になろうとする努力だったのだろうが。

……夫婦が対等？

天羽の里でそんな話は聞いたことがない。対等な関係が築けるのは、せいぜい友人くらいではないか。

もっとも自分の場合、同い年の巫女たちと友人だったかといえば、そこまで親しくできた者もいなかったが。

……でも、名前では呼び合っていたわね。

巫女仲間たちの名を呼んでいたように、王の名を呼べばいいのか。

鳴矢、と。

「……鳴矢」

食べかけの餅を手にしたまま――淡雪は、誰もいないところへ呼びかけてみた。

「鳴矢。……鳴矢」

二度、三度とつぶやき。

淡雪は餅を傍らの卓上の皿に戻し、勢いよく立ち上がる。

「鳴矢――」

その名を口にすると、どうしてか思い出された。

まだ夜が明けきらぬ中、神殿へ行くため外へ一歩踏み出したそのときの、冷えた、清々《すがすが》しい空気を。

薄くたなびく朝もや。湿った木々のにおい。次第に明るくなる景色のすべてを含んだ、あの冴《さ》えた空気――

別に愛着も何もない天羽の里の、あの毎朝の空気だけは、いまも懐かしく、そして唯一好きだったと言えるものだ。

「……鳴矢」

何故だろう。この名を呼んで、あの空気を思い出したのは。

淡雪は開け放した窓に寄り、身を乗り出した。息を吸ってもあの空気は少しも感じられないが、外は晴れて明るかった。

こんなにいい天気なら、今日もあの寺へ行き、鞠打をするのだろうか。

高く高くに打ち上げた白い鞠は、きっと青い天によく映える。そうして打ち上げた鞠がうまく籠に入ったら、子供たちと手を叩いて笑うのだ。

「鳴矢――」

思いのほか大きかった自分の声に驚いて、淡雪ははっと口をつぐむ。

乗り出していた上体をそろそろと引き戻し、目を瞬かせた。

「……」

いま。

何をしていたのだろう。

王の名を、外に向かって叫ぶなんて。

誰かに聞かれてはいなかっただろうか。いや、さすがに庭を越えて冬殿の外にまで届くほど大声ではなかったはず。

我に返ると自分で自分が恥ずかしくて、淡雪は急いで長椅子に座り直した。

……これじゃ、わたしも変わり者だわ。

長椅子の背にもたれて息をつき――だが淡雪は、ふと、小さく笑った。

どうせここでは独りだ。王には月一度しか会わない。たぶん話もろくにできない。それなら自分の心の内で、あるいは独り言でくらいは、あのくるくると表情のよく変わる子供のような王を、名前で呼んでもいいのではないか。

「そうよね。……鳴矢」

鳴矢自身が、それを望んだのだから。

……でもこれは、誰にも内緒。鳴矢にも。

さすがに天羽から来た后が、面と向かって王になれなれしい口をきいたら、周囲に何を言われるかわからない。だから外での態度は変えられない。

「わたしは、面倒な天羽の女だから。……あなたがいくら変わり者でも、一緒に変わり者にはなれないのよ、鳴矢」

うつむいて独りごち——淡雪は食べかけの餅を手に取った。


尚掃の紀緒と典掃の沙阿が冬殿に現れたのは、淡雪が間食を食べ終え、長椅子に横になって『目』で鳴矢の姿を捜していたときだった。

近くに人の気配を察して急いで『目』を閉じ起き上がると、紀緒と沙阿が奥の部屋で何か話し合っていた。

「えっ——何、どうしたの？」

あわてて立ち上がったのは、こちらに気づいて振り向いた沙阿が、いまにも泣きそうな顔をしていたからで、その沙阿の髪には何故か、掃司の証《あか》しである紅椿の挿頭がなかった。

「あ、すみません。起こしてしまいましたね、お昼寝中でしたのに……」

「そんなことはいいから、何かあったの？」

わびる紀緒をさえぎって、淡雪は二人のもとへ歩み寄る。

「実は、沙阿が今朝の掃除のさいに、挿頭を落としてしまったようなのですが、どこにも見当たらなくて……」

「え。……でも、帰るときには頭にあったわよ？」

今朝、神事に行く前に身支度を整えてくれたのは紀緒と伊古奈、沙阿の三人だった。そして后が神事で出かけているうちに冬殿の大掃除をするのが掃司の毎月の恒例なのだとかで、神事から帰ったときには、紀緒たち三人のほかに女孺も十人ほどいたのだが、そのころには大掃除もほとんど終わっていて、巫女の服から普段の格好への着替えを沙阿が手伝ってくれている間に、女孺たちは伊古奈に連れられて退出し、紀緒も用事があるからと先に出ていったのだ。

最後まで残っていたのが沙阿だったが、沙阿が退出するとき、挿頭はたしかにあったはずだ。というのも、女官の挿頭は所属がひと目でわかるようにするためのものなので、やや大きめに作られている。だからそれが頭にないのは、ぱっと見て違和感があるのだ。現にいまも、沙阿の泣きそうな表情だけでなく、挿頭がないことにもすぐ気づいた。

「えっ……本当ですか？」

だが沙阿の顔は、ますます泣き出しそうにゆがんだ。

「本当よ。沙阿がそこの戸のところに立って、失礼しますって言って出ていったでしょう。そのときは、ちゃんと挿していたわ」

「え……え――……じゃあ、何でどこにもないの……」

うろたえてあたりを見まわす沙阿の目に、みるみる涙が盛り上がる。

「ここを出てから、どこに行ったの？」

「一度、宿舎に戻って……猫を連れて、春殿へ……」

「猫？」

「ああ、それは――」

なだめるように沙阿の肩をさすっていた紀緒が、淡雪を見た。

「鼠《ねずみ》を捕らせるために、ときどき空いている館に猫を入れるのです。猫は後宮の内に何匹もおりますので、いつも勝手に歩きまわっていますが、やはり人の目の届かないところは、猫も通っているかどうかわかりませんので……」

「ああ……ここではよく猫を見かけるけれど……」

庭を眺めていると、たまに猫が通りすぎるので、いったいどこから出入りしているのだろうと思っていたが、それは朝の散歩の途中で発見できた。表門はいつも閉ざされているが、敷地の北側には、日ごろ女官たちが行き来に使っている裏門があり——もっともそれは門というか、竹垣の途中に板戸をはめこんだだけの通用口なのだが、その板戸の下が切れていて、地面まで三寸ほど隙間があり、そこを猫がくぐり抜けて入ってくるところを見たことがあったのだ。おかげで床下にいるはずの鼠に悩まされたこともないのだが。

「春殿へ行って、それから？」

「しばらく猫を放して……半時くらいして、猫を春殿から出して、掃司に戻ったら、挿頭はどうしたの、って……」

「それなら春殿で落としたのね」

「あたしもそう思ったんですけど……でも、ないんです。あたし、猫を放したあと、春殿で居眠りしちゃって……一人だったから……だから、そんなにあちこち動いてなくて」

いた場所が限られているので、落としたと思われる場所も限られているが、そこにはなかったということだ。

「どうしよう……見つからなかったら、典掃、降ろされちゃう……」

「えっ？」

沙阿の目から、とうとう大粒の涙がこぼれたが。

「でも、挿頭をなくしただけでしょう？　それだけで、そんな」

「わたくしどもの挿頭は、年に一度しか用意されないのです」

沙阿をなだめながら、紀緒は自分が髪に付けていた挿頭を抜き取り、淡雪に見せる。

「この挿す部分は銀ですし、花と葉のところも、染めた絹を厚紙に貼り合わせて作ってあります」

「……手がこんでいるのね」

「はい。しかもわたくしどものような下々の者には、分不相応な装飾でもあります。だからこそ、一年これを頭に挿して、職務を全うしなくてはならないと、はげまし、戒めてくれるものでもあります。なくしてしまった、ではすまないのです」

そう言って挿頭を挿し直した紀緒の表情は、険しくなっていた。

「そうは言っても、誰にだって失敗はあるわ。これまでに、同じように落としてしまった人くらい、いたでしょう」

「もちろん、おりました。ですが大抵は、誰かが拾って届けてくれるのですが……」

今日はまだ、届けられていないということか。

「明後日には内侍司による点呼がありますから、それまでに見つけないと……典侍は厳しい方ですので」

和可久沙か。淡雪の眉間にも、微かに皺が寄る。

「予備はないの？　それか、新しく作るとか」

「毎年、年の暮れに材料を渡されて、自分で作り上げて新年から使うのですが、銀や絹ですので、余分はいっさいありません。わたくしどもには、絹どころか厚紙でさえとても高価なものですし、ましてや一年の途中で新調するなど、とても……」

そう言って、紀緒は大きく首を横に振った。

それでも絹や厚紙までは何とかなりそうだが、さすがに銀の簪など、そう手に入るものではない。まがりなりにも后である自分には、それなりに見栄えのする簪が用意されていたが、それでも銀製のものはなかったはずだ。外に出ない女に、銀などいらないと思われたか。

「……それじゃ、見つけるしかないわね」

淡雪は部屋の床を見まわした。

「沙阿が帰るまでは髪にあったと思うけれど、わたしの憶え違いかもしれない。捜しましょう。隅々まで」

「えっ、后――」

「二人より三人よ。わたしは庭を一周してくるわ。紀緒さんと沙阿は、中を。掃除で通った場所をよく思い出してね」

沙阿の肩を一度軽く叩いて、淡雪は部屋を出る。鳴矢がどうしているのか、ちらりと頭をよぎったが、いつも笑顔で世話をしてくれる沙阿が泣くほど困っているのだ。のん気に『目』を使っている場合ではない。

淡雪は階を下りて、まず建物の裏手にまわった。背を屈め、目を凝らして地面を見ていったが、石畳の上にも草むらの中にも、紅椿はない。裏門の扉下の隙間を見て、落ちた挿頭を猫がどこかへ持っていってしまったかとも思ったが、犬ならともかく、猫が虫や鼠でもないものをくわえていくだろうか。

そんなことを考えながら、何となく扉に手をかけ、引いてみる。

「……」

開いた。

いや、開くだろう。表門には錠があり厳重に鍵がかけられているが、裏門は女官が頻繁に出入りするため、鍵はない。ただ外から閂《かんぬき》を掛けるので内側からは開かないようになっているのだ。いつも女官が閂を外して中に入り、用事がすんだら外へ出て、また閂を掛けて去っていく。いまは紀緒と沙阿が中にいるので、まだ扉が開いているのだ。

あれほど月に一度しか出られないと言われ、固く表門を閉ざされたのに、裏にまわればこんなにあっさり扉が開くのだと――もちろん女官たちの目をかいくぐって裏門にたどり着ければ、という条件付きではあるが、それにしても間が抜けた話だ。

……不浄門、っていうんだったわね、たしか。

内侍司以外の女官たちは、ほとんどが庶民の出である。だから身分の低い者が使う出入口は不浄なので、身分ある者は通るべきではない——という理屈で、表門と裏門の施錠にこれほどの差があるのだと、何日か前の夕餉のとき、紀緒が教えてくれた。表門と同じようにいちいち闈司から鍵を借りてくるのは面倒ではないかと、何げなく尋ねたら、裏門は門だから鍵はないのだと、笑って説明してくれたのだ。身分の高い人々には、裏門は不浄だという考えそのものが、通行を妨げる鍵になるからと。

その考えは、后にも効くと思われているのだろうか。門は門であって、浄も不浄もないだろうに。

あっさりと開いてしまった扉から顔を出し——あたりの地面に挿頭が落ちていないのを確認してから、淡雪は引っこんで扉を閉める。

外に出られる状態だからといって、脱走する気はない。いまそんなことをしたら、挿頭をなくしたどころではない責任を、紀緒と沙阿が負わなければならなくなる。

……それにしても、見つからないわね。

挿頭の花のところだけならともかく、髪に挿す部分は銀なのだから、風に飛ばされるほど軽いものでもないだろう。……となると。

念のため庭をすべて見てまわってから室内に戻ると、紀緒と沙阿は、まだあちこち捜しまわっていた。

「外はなかったわ。そっちはどう？」

「駄目ですね、どこにも……」

紀緒が嘆息し、沙阿も鼻をぐずぐず鳴らしている。

「ねぇ、わたしの憶えが正しかったらの話なんだけれど、あなたたちが帰ったあと、尚薬《くすりのかみ》と典膳《かしわでのすけ》が来ているのよ、ここに」

長椅子の下を覗いていた紀緒が、振り返る。

「昼にですか？」

「そう。二人とも、もちろん裏門から。わたしは沙阿がこの部屋を出るまでしか見ていないけど、もし沙阿がここから裏門あたりまでに揷頭を落としていたなら、尚薬か典膳の、どちらかが拾ったかも……」

這《は》うように床を捜していた沙阿が、ぱっと立ち上がる。

「拾って、まだ届けてくれてないのかも、って……？」

「忙しくなってしまって、届ける時間がないということは、あるかもしれないわ」

「沙阿――行ってみましょう」

紀緒もうなずいて、それから淡雪に頭を下げた。

「ありがとうございます、后。わたくし尚薬とは親しくしておりますので、いまから訊いてみます」

「ええ。拾ってくれているといいわね」

あわただしく出ていく紀緒と沙阿を見送って——淡雪は、思わず眉根を寄せた。

なくしても届けられる？　それが銀でも？

……後宮って、案外お人好《ひとよ》しが多いのかしら。

もちろん落としたものが戻ってくることも、なくはないだろう。しかし誰が見ても値打ちのあるものだったら、返ってくるとは考えないほうがいいのではないか。

「……」

淡雪は長椅子に寝そべり、『目』を開けて紀緒と沙阿を追った。二人とも、まっすぐ後宮の北西の隅にある建物へ向かっている。あそこにあるのは、たしか膳司、酒司《みきのつかさ》、水司、薬司の仕事場と宿舎を兼ねた館だ。

紀緒と沙阿はまず薬司へ行き、尚薬に会って紅椿の挿頭を拾わなかったかを尋ねたが、尚薬の答えは、拾っていないし落ちているのも見なかった、というものだった。

桃の花の挿頭を髪に挿した尚薬は、後宮における挿頭の重要さをよく理解していたようで、気の毒がるとともに、どこかで見つけたらすぐに届けると請け合っていた。

次に二人は膳司へおもむき、今日冬殿に行った典膳は誰かと訊いた。

「今日の昼なら——登与利《とより》さんでした」

色鮮やかな紅躑躅《つつじ》の挿頭を付けた膳司の女孺が、奥に向かって、登与利さん、登与利さん、と呼んだ。

膳司はすでに夕餉の支度に入っていたようで、女孺たちにあれこれと指示を出していた二十歳くらいの女官が、振り返る。

「登与利さん、掃司の人が……」

「いま行くわよ。何なの、忙しいのに」

現れた典膳は、たしかに昼に来た女官だった。これまでにも二、三度見ているが、いつもだるそうな顔をしている。

登与利は紀緒と沙阿を見て、一瞬、片頬をぴくりと動かした。

「ごめんなさいね、登与利さん。実は今日、あなたが冬殿へ行ったとき、うちの紅椿の挿頭が落ちているのを見なかったかと思って……」

「見てませんけど」

即答だ。そのうえ登与利は、沙阿の何も付けていない頭をじろじろ眺めて言った。

「落としたんですか。不注意ですね。なくしたものは仕方ないですよ。もういいですか。いま忙しくて」

鼻にかかった声の早口でまくし立て、登与利はさっさと奥に戻ってしまった。紀緒と沙阿はがっかりした様子でため息をつき、膳司を出ていく。

だが淡雪は、登与利を『目』で追っていた。

登与利は厨《くりや》に戻ったものの、夕餉の支度をする女孺たちのあいだを縫って、さらに奥へ行くと、早足で廊を歩き、宿舎と思《おぼ》しきところへ入っていく。

典膳くらいの役職なら自分の部屋があるのではないか——そう思って見ていると、はたして登与利は素早く一室に入り、扉を背で押さえたまま懐から何か取り出した。

きらりと光ったのは、銀。そして、押し潰されて形のゆがんだ、紅椿。

……拾ったんじゃないの！

やはりそうだった。この典膳は、返すつもりなどないのだ。

登与利は乱暴に紅椿の造花をむしり取ると、つかつかと窓辺に歩み寄り、窓の外にそれを捨て、寝台の下から衣箱を引っぱり出して銀の簪だけを中に放りこむと、蓋を閉め、衣箱を寝台の下に押し戻して、すぐにまた部屋を出ていった。

登与利のほうはそれ以上追わず、窓の外を覗く。

無残に散った紅椿を確かめて、淡雪は目を開けた。

「……」

こういう怒りの感情は、久しぶりだ。嫌なものを見た。だが、これは『目』で見たこと。決して、絶対に、誰にも告げてはいけない事実。

ずっと、ずっと、こういう場面を見るたびに抱えてきたもどかしさ。

腹が立つのは登与利の卑怯さだけではない。沙阿にこのことを伝えてあげられない自分の無力さ。

淡雪は長椅子の上で膝を抱え、体を丸める。

見ているだけで何もできない自分が情けなくて仕方がないときは、いつもこうして耐えてきた。腹の底に渦巻く、どろどろしたやり場のない憤りは、時間をかけて静めるしかないのだ。どうせ何もかも、自分の内側だけのこと。

ゆっくりと呼吸をくり返しながら――淡雪は再度、『目』を開ける。

竹垣を越えて冬殿の外へ飛ぶと、こちらへ戻ってくる紀緒と沙阿の姿を見つけた。

沙阿は肩を落としてはいるものの、先ほどよりは落ち着いた表情をしている。

「……いえ、あの人の言うとおりです。あたしの不注意だから、仕方ないんですよ。もう少し捜してみますけど、それでも見つからなかったら、点呼のときに、なくしましたって言います」

「何とか代わりが用意できればいいのだけど……。挿頭は大事だけれど、それをなくしたからといって、降格はやりすぎだと思うわ」

「去年挿頭をなくした水司の子、季禄《きろく》が半年ぶん、減らされたんですよね。あたしも典掃じゃなくなったら、位禄が減っちゃうなぁ。……父さんと母さん、喜んでくれて

たのに、あたしって、ほんと、そそっかしくて、
無理に笑おうとする沙阿が痛々しくて……」『目』を閉じようとしたそのとき。

紀緒が、えっ、と声を上げた。

「どうして——王？」

「え？ ……あっ、うそ、本当。何であんなところに」

紀緒と沙阿の視線の先を追うと、冬殿の北側、裏門のあたりに誰かがいるのが見えた。あの萌黄色の衣は見覚えがある。執務を終えた王が、普段によく着ている——

……鳴矢？

小走りにそちらへ向かう紀緒と沙阿を追い越して飛ぶと、鳴矢が裏門の扉を見つめ、所在なげに突っ立っていた。しかもその手には、咲き初めの八重桜がひと枝、何故か握られている。

いったいこんなところで何をしているのか。寺には行っていないのか。

「王——どうなさいましたか。何故こちらに……」

「あ、ちょうどよかった。えーと……掃司？」

「はい。尚掃でございます」

紀緒は答えたが、沙阿はとっさに頭を袖で隠して紀緒の背後に隠れた。挿頭がなくても、鳴矢はそれをとがめるような人物ではない気がするが。

「あのさ、これ、淡……后に」

「え？」

「夜殿の庭に咲いてるやつなんだけど、こっちの庭にもあるのかな。ここは何の花があるのか、わからなかったから」

「八重の桜はございませんね。枝垂れ桜でしたら……」

「ああ、それなら、これ生けて飾って。花、これからまだ開くはずだから」

鳴矢は少しほっとしたような笑顔を見せて、紀緒に桜の枝を渡した。紀緒は途惑いながらも受け取り、遠慮がちに尋ねる。

「わたくしの立場でお尋ねするのは御無礼かと存じますが……」

「何？　いいよ？」

「……この桜は、どのようなお心づもりでお持ちになったのでしょう」

「あー……うん」

鳴矢は苦笑して、首の後ろを掻いた。

「まぁ、普通の王はやらないんだろうな、こういうこと。俺がちょっと后の話をするだけで、あの典侍とか、ものすごい変人がいるみたいな目で見てくるし」

和可久沙だろうが、王相手にそれはそれで、立場上まずいのではないだろうか。

「王はできるだけ后のこと放っておくって、それはわかってるんだけど――」

鳴矢の視線が、扉の門に向けられる。

「……こんな簡単に開けられるのに、俺は入っちゃいけないんだよな」

つぶやき、うつむいて――自嘲めいた笑みを口元に刻んで、鳴矢は顔を上げた。

「今日、神事で后と少し話せたんだけど、不便なことはないって言うんだよね」

「わたくしどもも、特にそのようなことは伺っておりませんが……」

「うん。ただささ、不便はないからって、楽しくすごせてるかどうかは、また全然違うでしょ。って、まぁ、楽しいはずがない」

「……はい」

「でも、どうしたら后がちょっとでも楽しくすごせるのか――后が楽しくすごせるために、俺に何ができるのか、まだわからないから……」

そこまで言って口をつぐんだ鳴矢を、紀緒が穏やかな目で見上げる。

「后のお心を、おなぐさめするための花……で、ございますね？」

「これだけで、楽しくできるとは思わないけどね」

「王が御自らお持ちになりましたこと、后に必ずお伝えします。后もきっとお喜びになりますよ」

「う。……それはどうかな。俺、今日緊張していろいろ変なこと言ったし」

名前で呼び合う提案などが、突拍子もない話題だったという自覚はあるらしい。

「后は庭の花々も、よく愛《め》でておいでです。美しいものを無下になさる方ではございませんよ」

「そっか。……うん、じゃあ、それ、頼む」

「かしこまりました」

紀緒が答えると、鳴矢は踵《きびす》を返して立ち去った。

淡雪は『目』を閉じ、丸めていた体をゆっくりと起こす。

どろどろした憤りの代わりに、もっと違う、別の何か——あたたかなものが、胸を満たしていた。

今朝会ってから、ずっと考えてくれていたのか。何か、后の喜ぶことができないかと。寺にも行かずに。

……何をしているの。天羽の女なんかに……。

天羽の后に肩入れなどしたら、七家からの目も厳しくなってしまう。いくら中継ぎなどと言われていても、王は王だ。立場は大事にしなければいけないはずなのに。

一度きつく唇を引き結び、それから大きく息を吐く。

花を託された紀緒と沙阿が来るはずだ。気持ちを落ち着けておかなくては。

淡雪が長椅子に座り直したところで、二人の足音が聞こえてきた。

「失礼いたします、后——」

呼びかけを待って淡雪が振り向くと、桜の枝を手にした紀緒と、甕《かめ》を抱えた沙阿が入ってくる。

「紀緒さん？　挿頭はどうだったの？」

一部始終を見ていたので訊くまでもないが、尋ねなければ不自然だ。

「あっ、いいえ、挿頭はまだ……」

「見つからなかったの？」

「はい。それより、これを。王から后に、贈り物でございますよ」

「……えっ？」

驚き加減は、これで大丈夫だろうか。

「あの、王が……って？」

「夜殿のお庭にある桜だそうです。いま生けますね。沙阿、たしか塗籠《ぬりごめ》に壺《つぼ》が……」

「台にするものもいりますよね」

さっきまでしょげていた沙阿が元気にうなずき、甕を床に置いて走っていく。

淡雪はまだ驚いた様子を保ったまま、立ち上がって紀緒に近づいた。ずいぶん花の多くついた、見事な枝ぶりのところを折ってきたものだ。

「……きれい」

先ほど『目』で見たよりも、こうして間近に差し出された花々のほうが、より鮮やかに美しく見えて、驚いたふりでも何でもなく、素直に声が出ていた。

「いいのかしら。こんなにきれいな桜、わたしになんて……」

「王が御自身でお持ちになったのですよ。后が少しでも楽しくおすごしになれるように、と」

「わたしが……」

なぐさめになることを、おそらく懸命に考えて。

「……いい方ね、王は……」

薄紅の花弁に指先でそっと触れ、淡雪はつぶやいた。そしてふと、もし自分以外の誰かが、后としてここにいたら――と思う。

……誰が后でも、きっと、こうして気遣ったんでしょうね。

あの鳴矢なら、惚れたの何のとそういう気持ちがなくても、やはり后のことは気にかけたのではないか。やわらかな花びらから指を離して、淡雪は微かに目を細めた。

「わたしはずいぶん恵まれているわね。今日、乾の祝の長から話を聞いた限り、花を贈ってくれるような王は、これまでいなかったようだから……」

「――紀緒さぁん、これ、どうですかぁ？」

沙阿が塗籠から、やや背の高い壺を持ってくる。

「ああ、いいわね。それにしましょう」

「どこに置きます？　あと使ってない机があったんですけど、台にしていいですか？」

「あ……沙阿」

壺を窓近くに置こうとした沙阿に、淡雪は部屋の真ん中を指さした。

「ここに置いて。……どこにいても見えるように」

「あっ、はい！　わかりましたっ」

小さめの机に壺を載せ、甕から水を入れて、紀緒が壺に花を生ける。

「ここはいいですね。お休みになるときも花が見えますよ」

「でしょう？　桜を見ながら眠れるなんて贅沢《ぜいたく》だわ。その卓をもう少し前に出せば、食事のときにも見えるわね」

そう言って――淡雪は、自分の声が我知らず弾んでいたことに気づいた。

……いけない。はしゃぎすぎだわ。

うれしそうに一緒に花を眺める沙阿の髪には、相変わらず挿頭がないというのに。

――后が楽しくすごせるために、俺に何ができるのか、まだわからないから。

鳴矢の言葉を思い出し、淡雪は目を上げた。

自分にできること。

事実を見ても何もできないと憤る前に、本当に何もできないのかと、考えたことがあっただろうか。

この『目』で見たとは言えなくても、それでもできることは。

「……紀緒さん」

「はい？」

「お願いがあるの。……あとで書司と縫司《ぬいのつかさ》の人を、誰か呼んで」

できることがあるはずだ。いまの自分になら、できることが——

◇　◇　◇

並の大人より上背があるはずの自分よりもなお高い竹垣を見上げ、鳴矢はため息をついた。

たったいま、淡雪への桜の枝を尚掃に託してきたところだ。自分はこの竹垣の内には入れないので、そうするしかなかったのだが、やはり自分で手渡したかった。

……おかしいだろ。女官は入れて、俺は入れないって……。

いや、初めて裏門にまわってみれば、ただ門一本掛けてあるだけの、簡単に開けられる扉だった。自分があの門を外す度胸さえあれば、中には入れたのだ。

「……」

鳴矢は一度止めてしまった足を再び踏み出し、のろのろと歩き始める。

王は神事以外で后と会ってはならない。会っても親しく話してはならない。もちろん指一本触れてもいけない――淡雪が来る前から、あの古株の典侍に口酸っぱく言われてきたこれらが、もはや呪いのように自分の行動をさまたげる。

王たるもの、慣習を疎《おろそ》かにしてはならないとか何とか言うが、どうせ中継ぎとしか思っていないのは、態度に透けているというのに。

……そうだよ。あの典侍の言うことなんか、どうだっていいんだよ。

肝心なのは淡雪の気持ちだ。やっと今日話せたが、どうも反応が薄い。初めは目も合わせてくれなかった。どうにか二人で会話しても、何だか壁を作られているような気もした。

……いや、まぁ、それは無理ないか。

淡雪にはああ言ったが、王と后が普通の夫婦ではないことは、自分でもよくわかっている。それに、やっと一度、話ができただけだ。そんなに早く打ち解けてもらえるはずもない。

だからこそ、顔を合わせる機会を増やしたいのだが。

「……」

夜殿の裏門まで戻ってきていたところで、鳴矢は背後の冬殿を振り返った。竹垣の真新しい青さに、妙に腹が立つ。こんな囲いに閉じこめられて、淡雪はここから出られないのだ。

「だったら、やっぱり俺が行くしかないだろ……」

鍵も門も、外からしか掛からない。開けられるのは、外にいる自分だ。

花を贈ったぐらいで急に親しみを持ってもらえるとは思わないが、少しでも淡雪が自分を信用してくれたら。

門をくぐって夜殿の敷地に入ると、早足で庭を突っ切り、沓を脱いで階を上がる。湯浴みの時間まで、まだだいぶあるが、いまから寺へ行くほどの余裕もない。何をして暇をつぶそうかと考えながら部屋の戸を開け――

「……ん？」

中に入ると違和感があった。さっき部屋を出たときと、何か違う。何が違うのか。

ふと隣りの部屋に目を向ける。奥に歴代の王の日記が収められているという書庫があるが、そこの扉が半開きになっていた。自分は一度覗いたことがある程度で、中には入らない。開いているということは、掃司が掃除でもしているのか。いや、今日はその日ではないはず。そもそも尚掃にはさっき会った。

戸が勝手に開いたのだろうかと首をひねりつつ、鳴矢は薄暗い書庫を覗く。

するとに棚の向こうに、蔵人頭、浮希景の姿が見えた。

「そこにいるの、希景？」

「――っ」

声をかけただけなのに、希景は跳びはねて驚き、後ろの棚に背中をしたたかにぶつける。派手な音が響いた。

「うわ、大丈夫!?」

「……っ、失礼、しま……」

端整な顔を思いきりゆがめて、希景はよろよろと書庫から出てくる。

「悪い、そんな驚かすつもりなかったんだけど……って、希景、何してんの、こんなところで」

夜殿は王の私的な館だ。公的な場である昼殿には、蔵人所の面々が日々出入りするが、夜殿に入れるのは本来、王と女官、それとごく親しい身内だけのはずだが。

「……申し訳ございません」

希景は深々と頭を下げ、うめくように言った。

「夜殿への勝手な侵入、言い逃れのしようもありません。いかような処分も――」

「え？　いやいや、ちょっと」

鳴矢はあわてて、希景の言葉をさえぎる。

「処分とか、何を大げさな」

「しかし、私は夜殿に入れる立場ではありません」

「いや、別にいいよ。って、まず頭上げて。えーと、そう、こっち座って」

鳴矢は希景を表の部屋に誘導して窓辺の長椅子に座らせ、自分はその横に食事用の椅子を持ってきて腰を下ろした。

「入るのはいいんだよ。ただ、黙って入られるとびっくりする。前もって言っておいてくれないと」

「……今日は、外にお出かけではなかったのですか」

いつも姿勢のいい希景が、背を丸めてぼそぼそと尋ねる。

「うん。後宮の中を散歩。俺はいないと思った？」

「……夕刻までお戻りにならないものだと……」

「もしかして、いままでも俺が出かけてるとき、ここへ入っててたのかな」

希景はうつむいたまま、気まずそうにうなずいた。

「入っていたのは、書庫だけです。他の部屋を荒らすような真似《まね》は、決して……」

「いや、それはわかるよ。全然気づかなかったし。俺、あの書庫には入らないし」

そう言いながら腕を組み、鳴矢は再度、首をひねる。

この浮希景は、自分が王に決まった直後、蔵人頭に推挙してほしいと頼みにきたのだ。王の補佐機関である蔵人所の人員は、ある程度、王の好きに選ぶことが許されているので、真っ先に乳兄弟の真照を入れたのだが、さすがに長官である蔵人頭は気心が知れているというだけでは選べず、誰に頼もうかと悩んでいたところへの自薦だったので、これ幸いと希景に決めたのだ。

浮家といえば、文章能力に長《た》け、分家も含めてどこの役所でも重宝されていることは、鳴矢の耳にも入っていた。

希景は二十七歳で、浮家現当主の長子ながら跡継ぎではないとのことで、なかなか多忙な蔵人頭の役目でも問題なく務められるというし、実際ここまでのひと月ほどのあいだ、ほぼ完璧に実務をこなしてくれている。昼からのんき気に遊びにいけるのも、希景のおかげだ。

そんな頼れる蔵人頭が、王不在の夜殿にこそこそ侵入していたとは、いったいどういうことなのか。

「処分なんか考えてないんだ。希景いないと、俺が困る」

「……ですが」

「ただ、一応、理由だけは訊いていいかな。俺に黙って、書庫に入った理由」

書庫にあるのは、王たちの日記だけのはず。

すると希景は、急に開き直ったかのように背筋を伸ばし、顔を上げた。

「夜殿の書庫にあるのは、代々の王の日記です」

「うん、知ってる」

「これは、王の位に就いた者しか、本来見ることはできません」

「……え、そうなの？」

それは知らなかった。

「昼殿の書庫にある公的記録は、官人ならば誰でも閲覧できます。しかし王の日記は私的な部分も含まれますので、誰でも、ということにはならないのです」

「……俺、王は毎日必ず日記つけろって言われて、面倒だなって思いながら書いてたからさ。てっきり公的な扱いになるんだと……」

「公私で言えば半々かもしれませんが、便宜上、私的ということになっています」

いつもの希景らしくなってきた。鳴矢はうなずいて、書庫のほうに視線を向ける。

「つまり希景は、王じゃないと見ちゃいけないものを見たかったから、俺のいない隙に、こっそり？」

「……職務違反ですので」

「何でそこまでして、王の日記を？　俺、そんな面白いこと書いてないよ」

「当代ではなく、もっと以前の王の日記を」

「ああ、昔のか。面白いの？」

「面白さを求めて読んでいるわけではないのですが……」

希景は困惑気味に、眉根を寄せた。

「え、じゃあ何のため？」

「……史書編纂《へんさん》のためです」

「し？」

「歴史書です。『千和本紀《ちわほんぎ》』の続きを作りたいのです」

「……」

希景の言う『千和本紀』とは、昔語りを含む千和の国の成り立ちから、初代の王の即位、そして第四十四代の王までの治世を記した、千和の正式な歴史書である。四十五代から四十八代までの王のあいだに編纂され、貴族の家の子供なら、一度は通しで読まされるものだが。

「続きってことは……四十五代から、後ろ？」

「そうです」

「俺が六十九代目だから、結構大変そうだけど……」

「もちろん本来は国の事業として、専用の人員を集めて作られるものですが」

「まさかそれを、希景一人でやろうって？」

希景の視線が迷うように揺れる。鳴矢は組んでいた腕を解いて、身を乗り出した。

「何？　言ってよ」

「……四十八年前に王位に就いた、第六十三代の浮久景《ひさかげ》は、私の大叔父にあたりますが、彼は『千和本紀』の続きとなる正史を作ることを計画し、実際に人を集めて着手させました」

「おお。始まってたんだ？」

「始まりはしましたが、折悪《おりあ》しく地震や洪水が頻発し、久景は三年で退位を余儀なくされました。ただ、次の王が一嶺家の秋矢《あきや》王で、あまり余裕のない中でもこの事業を引き継いでくださいました」

「……知らなかった。聞いたことないな」

「久景の三年と秋矢王の在位五年、八年のあいだに、順調とまではいかないまでも、編纂は着実に進んでいたのですが――」

希景の眉間の皺が濃くなった。

「六十五代目の王……在位が最長十八年で有名な、繁家の三実《みつざね》王が、史書編纂を打ち切ってしまいました」

「え、何で？」

「理由はわかりません。退位後に隠遁《いんとん》生活を送っていた久景は、完成まで続けてほしい、それが無理ならできているところまででもまとめさせてほしいと、ずいぶん嘆願したのですが」

「は——……八年もやってて……」

それは関わった者たちには無念だったろうし、そこまでやっていたなら、何らかの形にするところまでは、認めればいいものを。

「それで——悔しいから、続きを作ってやろうって？」

「私個人だけでなく、久景の悲願でもあります。国でできないことなら、浮家の中でだけでも完成させたいと。とはいえ我が家にも日々の務めがありますので、それほど時間は取れません。いまこのことに関わっているのは、齢《よわい》七十の高齢になりましたが久景本人と、私、分家の叔父などの数人だけです」

そう言って、希景は少し声を落とした。

「官人にさえなれれば、昼殿の記録も、各々の役所にある記録も、閲覧はできます。編纂が中止されてから四十年近く、正史を作るのに必要な部分を、皆で少しずつ書き写してきました。ですが夜殿の記録だけは——王の日記だけは、王にならなければ、見ることはできません」

「それ、編纂に必要なんだ？」

「必要ですし、重要です。王自らの証言ですので。正式に編纂作業ができていた期間は、久景自身による書写と、それから秋矢王も書写に協力してくださいました」

「……六十三代目以降、浮家から王は出てないんだっけ？」

「はい。そして次の王も、すでに決まっています。──浮家ではない王が」

希景は顎を引き、鳴矢の目を見て告げる。

「私が王に、自分を蔵人頭に推挙してほしいとお願いしたのは、王の最も近くでその動向を把握できれば、史書編纂に必要な夜殿の記録を、盗み見る機会があるはずだと考えたからです。つまり私は王を、そして蔵人頭の立場を、利用しました」

「……」

「私にとって非常に都合のいいことに、王はほとんど毎日、外に出かけてくださいました。神に仕える王が寺へ日参することを、本来ならば蔵人頭としていさめなくてはならないのに、私はあえて黙っていました。それもこれも、自分の目的のために」

だから自分を処分しろと──希景は、そう言いたいのだ。

秘めた目的のために覚悟を決めて蔵人頭になり、そして行動しながらも、おそらく希景は、常に自責の念と闘っていたのだろう。

「……で、どれくらい読めた？　王の日記」

「五十八代の途中までです」

「まだまだ全然だな」

「そうですね」

話したことですっきりしたのか、希景の表情は先ほどより落ち着いて見えた。

鳴矢は再び腕を組み、椅子の背にもたれる。

「じゃあ——ちゃんとやろうか、史書編纂」

「は？」

「王がやるって言えばできるんだろ？　俺は中継ぎだから、五年だけって決まってるけど。五年あれば、まあまあ進むんじゃないの」

「王——」

「許可するよ。人も集めていい。夜殿の日記も、俺が書写してもいいけど、ちょっと面倒だな。許可するから、希景が全部見ていいよ」

「王！」

喜ぶかと思いきや、希景の顔は険しさを増していた。

「……お気持ちはたいへん、たいへんありがたいのですが、それはできません」

「何で」

「編纂を中止させた六十五代の三実王が、まだ存命です」

「……ん？」

またも首をひねった鳴矢に、希景は視線を床に落とす。

「先ほど私は五十八代の途中まで読んだと申し上げましたが、実は、書庫に侵入して真っ先に探したのは、六十代目の王の日記でした」

「へぇ？」

「ですが――ありませんでした」

「……」

鳴矢がまた少し身を乗り出すと、希景も目を上げ、さらに声を低くした。

「天羽家が都を離れたのは、六十代の王の在位中です。これだけの重要な出来事を、正史に記さないのはありえません。しかし当時の事情はいまだにあやふやで、何故か残された記録も少ない。そんな中で当時の王の日記は極めて大切な記録だというのに書庫のどこにもない。いえ、久景が王のときにはありました。次の秋矢王のときも」

手振りをまじえながら、希景が早口で続ける。

「十八年を経てようやく三実王が退位した後――これも身内の恥ですが、王の交代の準備にまぎれて、叔父の一人が夜殿の書庫に忍びこみました。そのときには六十代の王の日記だけが、すべてなくなっていたのです」

「……十八年のあいだに、誰かが持ち出したってこと？」

「おそらくは。そしていまだに、戻されていません。……事情を知るのは、十八年間この夜殿の主だった人物に他なりませんが、その人物こそ、史書編纂を止めた張本人です。六十代の王の日記を持ち出したことと、理由も説明せず、やめるの一点張りで編纂を中止したことに、何か関連があるとしたら、現時点で公式に編纂を再開するのは、慎重になったほうがいいと思います」

「……」

思ったより、ややこしい話だった。鳴矢はふうっと息を吐き、頭を掻く。

「その六十代目の日記さ、まだ書庫にあるうちに、読んでおかなかったの？」

「編纂は四十五代から順に始められましたので……。日記の存在は確認してありましたが、手をつけるには至っていませんでした。これは久景も悔いていますが」

「まぁ、なくなるなんて思わないよな……」

うなずいて、鳴矢は席を立った。部屋の片隅にある卓には、常に白湯《さゆ》と椀《わん》が用意されている。椀を二つ取り、舶来の白磁の水差しから白湯を注いで、両手にひとつずつ持って希景のもとへ戻る。

「——ん」

椀のひとつを差し出すと、希景は一度断るような素振りを見せたが、思い直したのか両手で椀を受け取った。

「いただきます」

「うん。……そっちの事情は、わかった」

また椅子に腰掛け、鳴矢は白湯をひと口飲む。

「正式に『千和本紀』の続きを作るっていう件は、ひとまず保留にしておくよ。でも浮家が編纂を続けるのに協力する気はあるから、夜殿の書庫は希景に限って、出入り自由にする。それでどうかな」

「……ありがたいことですが、やはり夜殿には……」

「ただし、俺のほうも条件がある」

まだ罪悪感を拭いきれないらしい希景に、鳴矢は椀を持っていないほうの手の指を三本立てた。

「条件は三つ。ひとつは、俺がこれまでどおり寺に行くことを黙認すること。希景も俺がいないとき、書庫に入っていいから」

「……それほどまでに寺に行きたいのですか」

「寺にっていうより、鞠打がやりたいだけ。合議だ執務だってやってると、どうにも肩が凝ってね。体動かしたいんだよ。俺、別に寺で修行してるわけじゃないんだ」

「……はぁ」

希景は、腑《ふ》に落ちないといった表情をしている。

「けど、寺は俺にとって大事な場所ではあるな。俺が昔家出したこと、知ってる？」

「……噂程度には」

「そのとき出家僧たちに、すごい世話になったんだ。いろんなこと教えてもらって。もちろん神事は大事にする。俺だって八家の一員だし。ただ寺も大事ってだけ」

「わかりました。鞠打のためということにして、認めましょう。……二つ目は」

「天羽家が都を離れた理由、わかったら俺にも教えて」

　鳴矢の言葉に、希景は意外そうに目を見張った。

「それは……正確な事象を突き止められたら、ということで構いませんか」

「うん。もっと言うなら、天羽家が出ていったあとのことも。何でこんなに天羽家と確執ができちゃったのか、とか」

「……そこは私も、大いに気になるところです」

　希景は大きくうなずく。

「この件については、王とも情報を共有しましょう。では、三つ目は」

「……あー、うん」

　三本指を引っこめて、鳴矢は曖昧な笑みを浮かべた。……さて、これを話したら、希景はどんな顔をするか。

「これが一番、大事な条件なんだけど」

「はい」

「俺、淡雪……后と、ちゃんと夫婦になりたいんだよね」

「……なるほど」

もっと驚くかと思いきや、希景は意外にも落ち着いていた。

「けど、ここの慣習って、后と絶対親しくなったらいけないっていうのなんだよね」

「それも、六十五代三実王のころから始まった慣習ですね」

「え、そうなんだ？」

「そうです。それまでの王と天羽の后は、代々の王と后同様、夫婦でした。王と子をなした天羽の后もいます」

「――そうなんだ!?」

白湯がこぼれる勢いで食いついた鳴矢に、希景が逆に、のけぞるように身を引く。

「はい。久景からも、そう聞いています。もちろん久景にも天羽の后がいましたが、残念ながら、どうにもそりが合わなかったそうで、後に妃を一人迎えました」

「ああ……まぁ、そういうこともあるか。うん。……いや、俺は妃なんかいらない。淡雪がいいんだ」

きっぱり言い切ると、希景は何か得心したように、小さく何度かうなずいた。

「なるほど。真照と尚侍が、それらしきことを話しているのを聞きましたが」

「あ、知ってた？　俺が淡雪に惚れてるって」

「……そこまであからさまには聞いていませんが」

希景の表情に、今度は呆れの色が浮かぶ。

「いやぁ、もうね、婚儀で初めて見たときから、こう、何ていうかね」

「説明されても私には理解できかねると思いますので、具体的なお話は結構です」

「……あ、そう」

色恋の話には乗ってもらえないらしい。

「ですが、后と親密になりたいという、王の希望はわかりました。とはいえ後宮内のことは、内侍司が取り仕切っています。慣例に厳しい烏丸の典侍が幅を利かせている現状では、冬殿の鍵を開けさせるのは至難の業かと」

「いや、裏門から勝手に入るから、鍵なんかいらないよ。希景にはあの典侍に告げ口したりしないで、見逃しててくれればいいだけ。それが三つ目の条件」

「……不浄門から出入りされるのですか？」

「女官たちが日ごろ使ってるんだから、不浄でも何でもないよ」

鳴矢がそう言うと、希景はまたちょっと目を見張り、そしてそのまま天を仰いだ。

「たしかに――そう呼ばれているだけで、何も不浄ではありませんね」

「な？」

「わかりました。私はそちらも黙認すればいいということですね」

「そうそう」

思いのほか、すんなり話を聞いてくれた。いつもの生真面目さからすれば、もっと口うるさく諭してくるだろうと見ていたのに。

するとと希景は、ずっと両手に持っていた椀をひと息にあおり、白湯を飲み干した。

「——実は私も前々から、天羽家とは関係改善を図るべきだと考えていました」

「お？」

「この国は八家によって成り立ってきたのですから、やはり八ノ京には、八家があるべきです。天羽家の欠けたこの状況は、健全ではありません。まして后一人で『術』の安定を担うのは、負担が大きすぎる。絶対に『術』が必要な事態において正常に機能しない危険性があります。これは七家にとっても良くないことです」

「……おお」

「王が后と信頼関係を築き、それが天羽家全体の帰京につながれば最善です。慣例を守ったところで、目先の『術』の安定しか得られないのであれば、もっと広い視野を持って、現状を打破すべきだと思います」

「……うん、あの、何か、ごめん」

空の椀を握りしめて熱弁をふるう希景に、鳴矢はつい、首を縮める。

「はい？」

「いや、その……俺は、ただ淡雪が好きで、淡雪と仲良くなりたいなーとしか思ってなかったから。そんな壮大なこと、全然考えてなくて」

「あいにく私に妻はおりませんし、そこまでの親密さを求める相手もいませんので、王の心情は理解できかねる部分もあるかと思いますが、良い結果につながれば、下心も立派な動機です。ぜひ目的を遂行してください」

「あ、ありがとう」

まさかの強力な援軍を得てしまった。これはもう、典侍の呪いの言葉がどうのと、躊躇《ちゅうちょ》している場合ではなくなった。

「ところで、王」

「ん。何？」

「肝心の天羽の后のほうは、王と親密になる気はあるのでしょうか」

希景に真顔で尋ねられ、鳴矢はしばし考えたあと、がっくりとうなだれた。

「……それは、俺が訊きたい」

◇◇　◇◇　◇◇

燈台の灯りをできるだけ手元に引き寄せ、淡雪は一心に針を動かしていた。

もうだいぶ夜は更けただろう。しかし明日の朝までには何とか完成させたかった。どうせ昼間はすることがないのだから、寝ようと思えばいくらでも寝られる。

目が疲れてきたと感じたときには、顔を上げて、部屋の真ん中に飾られた桜の枝を見た。丸く可愛らしく咲いた八重桜の花を眺めていると、いつのまにか強張《こわば》っていた頰や肩から、余計な力が抜けていくのがわかった。

──これだけで、楽しくできるとは思わないけどね。

「そんなことないわ、鳴矢。……わたし、花を見るだけでもこんなに楽しいなんて、知らなかったもの」

燈台の火に照らされた桜に向けて、淡雪はそっとささやく。

次に会話が許されるのが三か月後の神事だとしたら、この桜の礼を直接言えるのも三か月後になってしまう。礼状を書いて紀緒にでも託すことはできるだろうか。それとも伝言のほうがいいか。どちらにしても、おそらく型通りの感謝の言葉にしかならないだろうが。

小さく息をつき、淡雪は再び針仕事に戻る。

自分の立てる小さな物音以外は何も聞こえない、静かな夜だった。

翌朝淡雪は、誰かに揺り起こされて目を覚ました。

「……んー……もう朝……」

「あの、お、后、后――」

どうにか寝台から体を起こすと、紀緒と沙阿がただならぬ形相でこちらを覗きこんでいる。

「ああ……おはよ……」

「おはようございます。あの、后、これはいったい……」

紀緒の手には、紅椿の挿頭が握られていた。卓の上に置いておいたものだ。淡雪は大きくあくびをして、目をこすりながら寝台から下りる。

「……それね、沙阿に。使って」

「どうされたのですか、これは……」

「作ったの。わたしが」

紀緒と沙阿は、顔を見合わせた。

「だって、ないと困るんでしょ、挿頭」

「作っ……られたんですか？　后が……」

「それくらいならね。わたしにも作れるのよ。縫い物くらいしかやることがないと、結構腕も上がるの」

　もう一度あくびをし、背伸びをして体をほぐし——見ると、紀緒と沙阿はまだ呆然としていた。

「……もしかして、余計なことだった？」

「いえ。あの、材料は……布や、紙は」

「縫司と書司に用意してもらったわ。わたし、后だもの。后がこれとこれを持ってきて、って頼めば、だいたい持ってきてくれるのよ。理由なんて訊かずに」

　顔にかかった髪をかき上げて、淡雪は息をつく。ようやく頭がさえてきた。

「ただ、ごめんね。さすがに銀の簪を用立ててもらうのは、無理だと思って。だからその部分は、わたしの黄楊《つげ》の簪を使ったわ。髪に挿せばそこは見えないから、ごまかせるでしょ？」

「……わたくしどもは、これを作るのに、かなり時間を要するのですが……」

「細かくて大変よね。花びらや葉の縁も縫ってあるんだもの。昨夜、衣那さんに殿司の白椿の挿頭を見せてもらって驚いたわ。ずいぶん手間をかけて作るんだと思って。あなたたちは仕事の合間に作るんでしょ？　それは時間もかかるわよ。わたしは暇だから、すぐできただけ——」

　突然沙阿が、わあっと声を上げ抱きついてきて、激しくしゃくり上げる。

「おっ、お、きさっ、きさ……ぅぅ……あり、ありがっ……」

「はいはい。大丈夫よ。あなたが典掃じゃなくなったら、わたしも困るの。あなたの衣の選び方、わたし、気に入っているから」

泣きじゃくる沙阿の背を叩いてなだめながら、淡雪は紀緒を見た。紀緒も涙をこらえるように、しきりに目を瞬かせている。

「紀緒さん、それで当分なんとかなるかしら」

「ありがとうございます、后。本当に……」

紀緒は深々と頭を下げたが、淡雪自身はこれで満足したわけではなかった。

これくらいのことはできた。しかし、しょせん急場しのぎだ。女官の挿頭が銀の簪でなければならないなら、花の部分はともかく、あくまで代用でしかない。

沙阿の簪は——あの典膳の衣箱にある。

「紀緒さん、でもね、銀の簪は、やっぱり必要でしょう？」

淡雪が言うと、顔を上げた紀緒の眉間が皺められた。

「それは……はい。年の暮れに、新しい挿頭の材料が配られますが、簪の部分は同じものをずっと使いますので」

「あのね、わたし——あまり考えたくはないけれど、沙阿の挿頭は、盗まれたように思うの」

そう告げると、紀緒の表情はさらに険しくなる。

「そういうことは考えられない？」

「いいえ。……わたくしも、それは……」

すると沙阿がようやく淡雪から離れ、真っ赤な目で淡雪と紀緒を見た。

「え……誰が……」

「わたしは、典膳だと思うわ」

淡雪はあえて断定した。こういう話で、他の者にいらぬ疑いを向けさせたくはない。糾弾されるべきは、あの紅椿をむしり取った登与利という典膳だけでいい。

「典膳……でございますか？」

「典膳は二人いるけれど、昨日の昼にここに来たほうの典膳よ。やっぱり昨日ここへ来た二人が気になるのよ。でも尚薬は紀緒さんと親しいんでしょ？　そうなると一人しかいないわ」

見たことを思い出し、口調がつい強くなってしまう。だが一刻も早くあの簪を発見させなければ、たとえばどこかに売り払われてしまうかもしれない。

「尚膳《かしわでのかみ》に頼んで典膳の持ち物を検《あらた》めてもらうといいわ。見つかるかもしれないから」

紀緒も沙阿も、途惑った様子で淡雪を見つめていた。

「あの、后……」

「何？」

「……何か、御覧になったのですか？　典膳が挿頭を拾ったようなところでも……」

しまった。言い方が強すぎたか。

「別に、見たわけじゃないの。ただ、ひと晩考えて、そうじゃないかと思っただけ」

「……そうですか」

まだ少し途惑った顔をしながらも、紀緒はうなずいた。

「尚膳と相談してみます」

「そうしてみて。――沙阿、洗面の水は？　あなたも顔を洗ったほうがいいみたい」

「あっ、すぐ用意しますので……」

顔を袖口でこすり、紀緒から受け取った紅椿の挿頭を結い上げた髪に挿して、沙阿は笑顔で部屋を出ていった。

典膳の登与利の部屋から銀の簪が見つかったこと、その件を問い詰められた登与利が、いずれ売り払うために挿頭を拾ったまま隠し持っていたと白状したこと、過去にも一度、銀の簪を盗んで売ったことがあると判明したことを、淡雪が紀緒から報告されたのは、その日の夕刻のことだった。

沙阿の銀の簪は無事戻ってきたというが、それを聞いて気分が晴れたかといえば、そういうわけでもなかった。

簪は取り戻せた。しかしそれは、女官の中に盗みを働いた者がいたということで、女官に世話になっている身としては、憂鬱にならざるをえなかった。

登与利は処分されるだろう。処分されるようなことをしてしまったのだから当然ではあるが、何かしらの処分が下されるという事実だけでも、嫌な気分になる。

淡雪は寝台に腰掛け、燈台の灯りに照らされた桜を見ていた。

花を眺めていると、気はまぎれる。まぎれるけれど、晴れるまでには至らない。

沙阿を助けられた。それは本当によかった。だが登与利を追い詰めたのは、間違いなく自分の言及だろう。『目』で見たとは言っていないが、かなり確信めいた物言いはしてしまった。

登与利がしたことは悪い。悪いが、登与利があの銀の簪を売っていれば、かなりの実入りがあっただろう。登与利はそれが必要だったのではないか。貧しさ。あるいは困りごと。そんな何かがあって。

「……」

淡雪はため息をつき、寝台に横になった。

昨夜は遅くまで縫い物をしていたので、今日は昼にはもう眠くて、夕方まで寝てしまった。そのせいで、いつもなら休んでいるころなのに、まったく眠くない。

……鳴矢、どうしているかしら。

昼寝してしまったので、今日はまだ顔を見ていない。もう休んでいるかもしれないと思いながらも、淡雪は目を閉じ、『目』を開ける。

たいした距離ではない。本当にすぐ目の前の夜殿に飛び、こんな遅くに開いている扉もないだろうと、壁を抜けようとすると——

……え？

火の点いた手燭《てしょく》を持った誰かが、昼殿から夜殿への廊を歩いている。蔵人頭の希景だ。何かあったのかもしれないと思いながら、希景の後ろから夜殿に入った。

「——失礼いたします。王、すみません、お休み前にお時間をいただきまして」

「いや、いいよ」

鳴矢はすでに夜着の姿だったが、表の部屋の椅子に座っていた。

「本来なら、俺が昼殿に行かなきゃいけないんだろ？　こういうときは」

「不測の事態の場合はそうしていただきますが、この件は、そこまで急を要するものではありません」

「……急いでないのに、俺に起きて待っててくれって？」

「表向きは急を要しませんが、私の考えとして、この件はなるべく早く、かつ内密にお伝えすべきと判断しました」

その言葉に鳴矢は少し背筋を伸ばし、探るような目を希景に向ける。

「つまり、俺に関わることかな」

「そうです。――正確には、后のことですが」

……わたし？

思わず目を開けそうになったのを、どうにかこらえた。いま目を開けたら『目』が閉じてしまう。

「淡雪が、どうかした？」

「昨夜、今後のために后との件は黙認すると言いましたが」

「うん」

昨夜ということは、挿頭を作っていて見にいけなかったときに、自分の話題がでたのだろうか。いったい何の話をしていたのか。

「状況が変わりました。慎重になられたほうがいいかもしれません」

「……ん？」

希景はずっと難しい顔をしていたが、鳴矢の表情も微かに険しくなる。

「どういうこと?」

「今日、典膳の一人が後宮内で盗みを働いたと報告がありました。拾った挿頭を届け出ずに着服し、あとで売ろうとしていたそうです。そのことで、后が盗んだ下手人を言い当てたという話が出てきました」

「言い当てた?」

「冬殿から一歩も出ていないにもかかわらず、下手人が典膳であること、盗まれたものを典膳が所持していることを的中させたのだと」

「……報告の文書、ある?」

「下書きですが」

鳴矢が落ち着いた様子でそう訊くと、希景はうなずいて小脇にはさんでいた木簡の束を差し出した。それを受け取った鳴矢は、片方の手のひらを上に向け、何かを浮かせるような仕種《しぐさ》をする。

拳二つぶんほどの大きさの炎の塊が、ぽっと空中に現れた。

釣燈籠にも燈台にも火は点されていたが、手元をより明るくするためだろう、このあいだ日記を書いていたときのように、自分の炎を灯りにして、真剣な表情で木簡に目を通している。

「……これでいくと、挿頭を落とした場所が冬殿の裏庭で、時間的に拾ったと思われたのが尚薬と典膳のどっちかしかいないと判断したから、ってことじゃないの？」

「そのようですが、后は尚薬ではなく典膳が下手人だと、初めから断じていたと」

「何か、確信があったってことなんじゃゃ？　拾ったのを見てたとか」

「いえ。后は、典膳が挿頭を拾ったところは見ていないと言ったそうです」

「じゃあ、他に何か理由があったのかな。……それで、どうしてこれで慎重になったほうがいいって？」

　鳴矢が木簡から目を上げた。希景は何も口調を変えず、淡々と告げる。

「私は以前、天羽家特有の『術』について、調べたことがあります」

「特有？　……どういうの？」

「天眼力《てんげんりき》と天耳力《てんにりき》です」

　心の臓に。

　冷たい水を浴びせられたようだった。

「それ、何か、そういうのがあるって、昔教わったことがあるような……」

「普通は両方合わせて天眼天耳と呼びますが、『鳥の目』と称されることもあります」

　見ているのが怖いのに、逆に『目』を閉じられない。

「これは言わば、心を鳥のように飛ばし、能力に応じた範囲のものを、自由に見聞きすることができる力です。本人が一歩も動くことなく、離れた場所の物ごとを、その場にいる者と同じように知ることができるのです」

「……鳥の、目」

「はい。そしてこの『術』を使える者は、天羽家の女人のみ。それも、ごくわずかにしか現れないそうです」

「いや。……ちょっと待った」

鳴矢は片手を上げて希景を制すと、少しのあいだ目を閉じ——そして再び、希景に視線を向けた。

「……どんな力でも、あれば髪の色は変わるだろ」

「そうですね」

「淡雪の髪は、黒だ」

座ったまま身を乗り出し、鳴矢は目の前に立つ希景を見上げる。

「近くで見たから間違いない。淡雪は黒髪だ。八家ならだいたい黒以外の髪で生まれてくるけど、そうでなくても、黒で生まれてあとで色が変わったなんてのは、珍しくない。変わるのは力を使うからだ。淡雪が力を持ってるなら——力を使ってるなら、黒髪のままのはずがない」

「そこは私も、引っかかったところです」

「でも希景は、淡雪がその『鳥の目』を持ってると思ったんだろ？　典膳が盗みをしたところをその力で見てたから、下手人を言い当てたんだ、って」

「はい」

希景は臆することなく、はっきりと返事をした。

「髪の色のことは、私も説明がつきません。しかし仮に天羽家が天眼天耳の力を持つ女人を后として送りこんでいた場合、后への対応には慎重さが必要になるかと」

「天羽と関係改善を図るんじゃなかったのか？」

「その方針に変わりはありません。ですが、改善への道筋は変わってくるでしょう」

希景の表情が、話すごとに険しくなっていく。

「后に天眼天耳の力が備わっていた場合、こちらが秘しておかねばならないことが、すべて天羽家に筒抜けになるおそれがあります。天羽家が何を知ろうとして、この力を持つ后を送りこんできたのか、そこは注意しておくべきです」

「……希景」

鳴矢はゆっくりと姿勢を戻し、椅子の背にもたれて腕を組んだ。

「天羽家に知られたらまずいことって、何？」

「それは……」

答えようとして、だが希景は、そこでもう言葉に詰まる。

「……すぐには思いつきませんが」

「うん。つまり、そんなものなんだよ。七家が共有してるのに天羽に知られたらいけないことなんかないし、あったら関係改善なんかできない。そうじゃないかな」

年下のはずの鳴矢が、それは諭すような口調だった。希景は迷うように視線をさまよわせ、それでも何か言おうとする。

「それはたしかに、そう……そうかもしれませんが……ですが、たとえば、いまの、このような場も、后が見ているかもしれません」

「いま？」

鳴矢がきょろきょろと、あたりを見まわした。ひやりとしたが、鳴矢と目が合うことはなかった。

「いま――いまか。別に困るようなことはないけど、淡雪がいないところで淡雪の話してるって知られたら、まぁ、少しは気まずいかな」

「……その程度ですか？」

「だって俺、ちょっと安心したから」

「は？」

希景が大きくはない目を見開き、鳴矢を凝視する。

「いや、淡雪がその力を持ってるかは、わからないんだよな。俺はあの黒髪で、持ってるとは思えないけど。……けど、もし持ってたら、やっぱり安心する」

「……何故、安心など」

「だって、自由に外のものが見られるんだろ?」

鳴矢は。

とても晴れやかな笑顔を見せた。

「ひとつの館に閉じこめられて、月に一度しか外に出られないって、希景なら耐えられる? 俺は無理だ。でも淡雪は、それをやってる。しかも故郷から遠く離れて」

腕組みを解き、手にしていた木簡の束をじゃらりと鳴らして。

「けど、もし淡雪が何でも自由に見る力を持ってるなら――ちょっとでも、外に出た気分になれるんじゃないかな」

「……」

「少なくとも退屈はしないだろうし、故郷の様子だって見られるかもしれない。なぐさめにはなるんじゃないかな」

ごく穏やかな口調で。

「本当に淡雪がその『鳥の目』を持ってるなら、俺は安心できる。よかったって思う。……持っててほしいと思うよ」

否定――しないのか。こんな力を。

覗かれて気味が悪いと、言わないのか。

「王――」

希景がはっきりと呆れた様子で、盛大に息を吐く。

「寛容さは大事ですが、世の中、善人ばかりと思わないでください」

「さすがにそこまでは思ってないよ」

鳴矢は声を立てて笑い、木簡の束を希景に返した。

「ただ、じゃあ希景の言うように、天羽家が淡雪の力を使って何か探るつもりでいるとして、どうやって探ったことを知る？　后は文のやり取りとか、できたっけ？」

「……禁じられていますが」

「うん。連絡を取ろうとしても、簡単には無理だ。それでも何かしらの手段で接触を図ろうとしてるとか、そういうことがあるなら、後宮にも兵司があるんだから、通常の警備で気をつけておけば、事足りるだろ」

「……はい」

希景は木簡を握りしめ、下を向く。

「まぁ、そういうところを希景が考えてくれてるから、俺は安心して好き勝手できるんだけどな」

「ということは、后と親密になる計画は、変更しないと」

「しないよ。力があってもなくても、それで淡雪に対して何かを変えることはない。

昨日言ったとおり」

そう言って、鳴矢は片手をひらめかせた。鳴矢の頭上に浮いて明るさを足していた炎が消える。

「……わかりました」

希景はその場から一歩下がり、鳴矢に一礼した。

「夜分失礼いたしました。どうぞお休みください」

「うん。御苦労さん。ありがとうな」

鳴矢は手を振って、退出する希景を見送る。希景は夜殿を出るところでもう一度頭を下げ、扉を閉めて立ち去った。

希景が出ていっても、鳴矢はまだ椅子に座っている。

あんな話を聞いて、かえって『目』を閉じることができずにいた。

鳴矢の前に立ちつくすように、その顔にただ見入る。

静かな世界。

鳴矢も動かない。

いつもの人好きのする明るい表情はどこにもうかがえず、じっと物思いにふけっていた。

何を考えているのか。やはり気味の悪い力だと、思い直しているのか。

つぶやいて——鳴矢は口元に、微かな笑みを刻む。

「もし、本当にその力があるなら……もし本当に、いま、ここを見てるなら、さ」

ゆっくりと目線を上げ。

鳴矢が、何もない空を見つめる。

何もない——見えていないはずだ。鳴矢に。この『目』は。

「……俺、明日の夜にでも逢いにいくつもりでいるんだ。淡雪に」

何も見えていない——目が合っているなんて、思ってもいないはず。

「俺ね、婚儀で初めて淡雪を見たとき……泣きそうだったんだよ」

泣きそう。どうして。

「変かな。変だよな。……でも、本当。淡雪が……淡雪の目がさ」

わたしの目。

「すごく——何ていうか、全部あきらめた、みたいな……うれしいとか、楽しいとかだけじゃなく、悲しいとか苦しいとか怖いとか、そんな気持ちも全部、全部どこかに捨ててきたみたいな……そんな目だったんだよ」

……ああ。

わかったの。目が合ったのは、ほんの一瞬だったのに。


「……鳥の目、か」

「何でこの子は、こんな目をしてるんだろう。何でこんな目をしなきゃいけないんだろうって、気になって、妙に腹も立ってさ。……でもそれは、ここに連れてこられたからなんだよな」

それは違う。……わたしはここに来るより、もうずっと前から、絶望していた。

「……俺ね、昔、自分の気持ちを全部捨てたいときがあったんだ」

あなたも。……どうして。

「いろいろあって、いろんなことに気づいて……考えて、考えて、考えてるうちに、何もかも嫌になって、面倒になって、気持ち丸ごと捨てたくなって」

……それはもしかして、あなたの心が、何かにひどく傷つけられて。

「捨てたいのに、うまく捨てられないんだよな。……けど、捨てないでおくと、どうにか笑えたりもする」

無理をしていたのではないの。

あなたはやさしいから、わたしのように、投げやりになれなくて。

「あのころの俺がどんな目をしてたのか、自分じゃわからないけど……淡雪はあんな目、しなくていいんだよ。……させたくないんだよ」

……どうして。

あなたはわたしを、放っておくことができる。むしろ、放っておかなきゃいけないんでしょう。

「ほっとけない。ほっときたくない。何もするななんて無理だ。……俺が王できみが后で、二人で夫婦なら、そういう縁があるってことだろ、俺たち」

縁が。

「ここに来て、案外悪くないって思ってほしいんだ。そのために俺ができることは、何でもする。……淡雪さ、笑ったらもっとかわいいよ、絶対」

そんなこと。

あなたが子供たちと笑って遊んでいるのを見ているだけでも、充分楽しいのに。

「今夜行こうと思ってたのに、いまからじゃもう遅いな。……明日行くよ、冬殿に」

明日？　ここへ来るの？

わたしはどんな顔で、あなたに会えばいいの。

何か不足がないか気にかけてくれて。気なぐさみの桜も届けてくれて。

わたしのこんな力を、よかったと言ってくれて。

そんなあなたと、会って、どんな態度をとればいいの。何を話せばいいの。

明日だなんて、そんなのは困る。時間がない。気持ちの整理が、全然つかない。

そう――捨てたのよ、うれしいも楽しいも、悲しいも苦しいも怖いも、全部。

捨てたはずなのに、どれもこれも、ここに戻ってきている。

平らに、平らにしてきた心が。

「……」

いつのまにか『目』を閉じていた。

視界に映っているのは、火の色に染められた桜の花。

淡雪は力なく寝台に横たわったまま、しばらく花を眺めていた。

……どうしたらいいの。

どうにもできない。止めることも。逃げることも。

追い返すようなことも——したくない。

考えても考えても答えの出ないまま、淡雪はいつのまにか眠りに落ちていた。

第三章　鳴かない小鳥

翌日は朝から、不調極まりなかった。

寝過ごしてまたも紀緒に揺り起こされ、あわてて起きたら寝台から転がり落ちた。日課の庭の散歩中に考えごとをしていて、掃除を終えた伊古奈と沙阿に、すごい早足で庭をもう三周もしているがそんなに歩いて大丈夫かと、心配された。一人になってからも落ち着かず、意味もなく立ったり座ったり部屋の中を歩きまわったりし、昼に来た尚薬に、顔が赤くぼんやりしていることを指摘され、もう少しで薬を用意されそうになった。昼を過ぎてもいつものように『目』を使う気になれず、何だか疲れて、長椅子でぐったりと桜ばかり眺めていた。湯浴み中も考えごとをしてしまい、長湯に気づいた真登美が声をかけてくれなければ、危うくのぼせているところだった。

夕餉のあとに女官たちは皆去って、何もないのにずっと気疲れしていた一日が暮れていった。

……それで結局、本当に来るの？

来るならきちんと身なりを整えておきたかったが、紀緒たちに今夜は王が来るかもしれないから、とは言えず、仕方なく夜着の上に衣を羽織ってごまかすことにして、あとはひたすら、髪に櫛《くし》を入れる。

いつもなら床に入るころだ。いつまで起きていればいいのか。もしかしたら寝てしまえば、鳴矢も起こさず帰ってくれるのではないか。

……来るの。来ないの。どっちなの。

どうしていればいいのかわからず、また部屋の中を歩きまわりかけた、そのとき。

どん、と大きな音が、建物の裏手から聞こえた。

……いまの、何？

重いものが倒れたような音だった。とっさに部屋を出て見にいこうとして、得体の知れないものだったらどうしようと、思いとどまる。天羽の里で昔、夜中に巫女たちが暮らす館に大きな鹿が侵入して、大騒ぎになったことがあった。

急いで寝台に座り『目』を開け、部屋の裏手に飛ぶ。中ではなく外か。

裏の扉を突き抜けると、すぐ脇の階の下で、何かがもぞもぞと動いている。

「あー……ってぇ……」

痛い？

いや、この声は。

淡雪はすぐに『目』を閉じると、寝台横の卓上にあった手燭の蠟燭《ろうそく》に燈台から火を移し、部屋を出た。扉を開けて裏手にまわり――

「……」

いた。

裏門に近い小さな階の中ほどに腰掛け、鳴矢が左足の脛《すね》をさすっている。……転んだらしい。そして周囲がやけに明るいと思ったら、いつも鳴矢が出している炎の塊が宙に浮き、あたりを照らしていた。

こちらの気配に気づいたのか、鳴矢が脛を押さえたまま振り向く。

「淡雪――」

「……立てますか」

「えっ？」

「怪我《けが》がひどければ、誰か呼びます。……いまなら、そこが開いているんでしょう？」

淡雪が裏門に視線を向けると、鳴矢は口をぽかりと半開きにした。

「逃げたりはしません。一時的に出るだけです。王の体調に関わることなら非常時でしょうから、内侍司にも認めてもらえると思います」

「……あっ、いや！　大丈夫！」

鳴矢は弾《はじ》かれたように立ち上がり、左足で階を数度踏み鳴らす。

「大丈夫、大丈夫。ちょっとここに足が引っかかっただけ。大きな音立ててごめん。びっくりさせたかな」

「……少し」

「ごめんごめん。誰も呼ばなくていいよ。ほんと大丈夫だから」

笑顔で手を振り、鳴矢は階を上がってくる。

昼間あれほど落ち着かなかったのに、まさか来るなり階で転んでいたとは思わなかったので、妙に冷静になってしまった。おかげで何があっても心を平らにする感覚と習慣を、間一髪で思い出せた。

「足元、お気をつけください。……充分明るいですが」

朱、青紫、黄赤と、ちらちら色を変えながら漂う炎を見上げると、鳴矢は苦笑して首の後ろを搔いた。

「明るくても、つまずくときはつまずくんだよなぁ。階の高さが他とは違うのかな。ここ入るの、初めてだったからさ」

「表の階より、一段が幾らか高いと思います。——そこは女官たちの控えの間に入る戸ですので、こちらへまわってください。表の部屋への出入口は、そこですから」

「え。あ――」

部屋まで先導していたら、背後で鳴矢の裏返った声がして、淡雪は振り返る。

「……の、入って、いいの？」

ここまで来ておきながら何を言っているのか。

「庭を御覧になりたいですか？」

「いや。いやいやいや。いい。庭はいい。入れてもらえるなら、喜んで」

鳴矢が思いきり首を横に振ったのを確かめて、淡雪はうなずいて扉を開けた。

「どうぞ。中はあまり明るくないですから、お気をつけください」

「ああ、うん。……じゃあ、これ消さないでおく」

鳴矢の頭上に浮いていた炎が、意図をわかっているかのように、鳴矢に先んじて、するりと部屋に入っていく。室内が何十もの灯りを足したほどに明るくなった。

「……便利ですね」

「火天力《かてんりき》なんて、いまどきこんな使い方ぐらいしかないからなぁ。夜何かするには、たしかに便利だけどね」

言いながら戸口をくぐり、鳴矢は数歩進んで、あ、と声を上げた。

「桜。……飾ってくれてるんだ」

「あ……はい」

壺に生けた桜の枝に近づき、鳴矢はほっとした表情を見せる。

「王自らお持ちくださったと、尚掃から聞きました。お心遣い感謝いたします。お礼を申し上げたかったのですが、こちらからお伝えしていいものか迷いまして、今日になってしまいました。失礼をお許しください」

そう告げて一礼し、顔を上げると、鳴矢は少しさびしげな笑みを浮かべていた。

「いいよ、そんなの。俺が勝手にあげたかっただけだから」

「……蕾《つぼみ》が咲きそろうのを、楽しみに眺めております」

「うん」

鳴矢の曖昧な微笑に呼応するかのように、頭上の炎が揺らめく。

「あ……すみません、どうぞ、お座りくださ――」

椅子を勧めようとしたが、食事用の椅子か、閉じた窓に向いた長椅子しかなかった。迷っていると、鳴矢は神事後に話したときのように、長椅子の片側に腰掛ける。

「淡雪も」

「……はい」

鳴矢ならそう言うだろうと思い、今度は素直に並んで座った。

照らすべき場所を心得ているかのように、炎が頭上に移動してくる。

「……全然、驚かないんだな」

「はい？」

「いや、俺が急にここへ来ても」

知っていたから——とは言えない。

淡雪は下を向き、膝の上に置いた自分の手を見つめた。

「何となく……こんな日が来るような気が、していましたから」

「え、そうなんだ？」

「王は、わたしと話をしたがっておいでてでしたし……」

そう。昨夜の独り語りを聞いていなくても、すごく驚いたりはしなかっただろう。

また突拍子もないことをするものだ、としか思わなかったのではないか。

「……どうやら慣例を気にされる方ではないようだと、お見受けしましたので」

「う。……俺、そういう印象？」

「はい」

「そうか。……まぁ、そうか」

鳴矢は肩を揺らして、短く笑う。

いまは自然に鳴矢の顔を見ることができていた。神事の日のようなあせった雰囲気が、今日の鳴矢にはないからだろうか。

「慣例を全部無視するわけじゃないよ。必要だって納得できる慣例なら守る。でも、そうじゃなければ変えたほうがいいと思うから」
「……それで『術』が不安定になっても、ですか？」
自分の口から出たその言葉に、淡雪は自分で衝撃を受けていた。
失念していた。都で唯一の天羽である自分の感情は、『術』に影響を与えてしまう。
それなのに自分は今日、ずっと混乱していた。こんな状態で、『術』はどうなってい
たのだろう。小澄家や波瀬家からは何の報告もなかったのか。
いや、こんなことを考えるだけでも、まずいのかもしれないのに。
「俺、いま『術』でこれ出してるけど――」
その声にはっと目を上げると、鳴矢は頭上の炎を指さしていた。
「これを出すのに、特に苦労したことはないんだよね。俺が生まれたときにはもう、
都に天羽家は后一人しかいなかったはずなのに」
「……はい」
「天羽家がいれば、もっと使いやすいのかもしれないけど、使えないわけじゃない。
そもそも日常で、繊細な『術』を使う機会、あんまりないと思う」
だから――と言って、鳴矢は淡雪の目を見た。
「そんなに気負わなくていいよ。『術』の安定を担うのは、天羽以外の七家も同じだ。
淡雪がしっかりしてても七家がだらしなかったら、これだってきっと不安定になる。

淡雪はもともと一人で大変なんだから、これ以上何も気にすることはないんだ。あとは俺たちが――俺が、王として、ちゃんとするから」

混乱を。

していた。今日一日、ずっと。

でも、大丈夫だったのだろうか。……自分がこんなに、動揺していても。

鳴矢の炎は、変わらず明るい。

……気負わなくていいの。

肩、背中、指先から――強張りがとけていく。

鳴矢に見つめられたまま、淡雪は目を閉じ、静かに息をついた。

……わたしはここで、独りじゃない。

天羽としては、ただ一人でも。

そっと目を開けると、少し緊張気味な表情の鳴矢が、そこにいた。

「……ありがとうございます」

頬からも強張りが抜け、笑みが浮かんでしまった自覚はあった。

「あなたが王のときにここへ来られたわたしは、とても幸運なんだと思います」

「――あ。や、その……」

最大の感謝を伝えたつもりが、鳴矢は急に目を泳がせ、片手で口を押さえる。

「……王？」

「うん。……あ、こっちこそありがとう」

早口でそう言って、今度は両手で頭を抱えてしまった。

「あー……笑うんだ。ここで笑うんだ……」

「……わたし、何かおかしなことを言いましたか」

「いや、言ってない。全然おかしくない」

すぐに顔を上げ、鳴矢は真顔で首を振る。

「そう思ってくれたなら、俺もものすごくうれしい。王を引き受けて本当によかった。来てくれたのが淡雪だったことが、一番うれしいけど」

力強く言い切られ、今度は淡雪がうつむいてしまう。

……どうしよう……。

また混乱してきた。全身が熱い気がする。

顔を上げられずにいるあいだ、沈黙が続いた。

鳴矢がいまどんな表情をしているのか、気になるのに見る勇気がなくて、こんなに近くにいるのに『目』を使いたくなる。

ややあって、先に沈黙に耐えきれなくなったのか、鳴矢があっと声を上げた。

「──そうだ、これ」

うつむいていた視界に、鳴矢の右の手のひらが差し出される。

次の瞬間、手の内にぽっと炎が現れ、それが丸みをおびた形になった。

「……えっ」

鳥だ。小雀《こすずめ》ほどの。ただし、色は炎の色の。

炎の色の小鳥は掌《てのひら》の上で、細かく首を動かしたり羽をばたつかせたりと、本物の鳥そっくりの仕種をしている。

と――炎の小鳥が飛び立った。羽音ではなく、ちりちりと燃えるような音を立てながら、目の高さあたりをぐるりとひとまわりすると、淡雪の左手にとまる。

「……」

左手をおそるおそる持ち上げ、右手の指でそっと小鳥の背中を撫《な》でてみた。見た目から想像したような熱さは感じず、むしろほんのりとあたたかい。しかも何となく、羽毛のような手触りさえあった。撫でられても嫌がることなく、目を細めておとなしくしている。……これは。

「か……っわいい……」

冬場の雀のように丸々としているのも、余計に愛らしい。淡雪は小鳥を手に乗せたまま、思わず鳴矢を振り返る。

「あの――とってもかわいいですね！」

子供じみた声が出てしまった。

だが鳴矢はうれしそうに、声を立てて笑った。

「気に入った？」

「はい。……えっ？　火天力って、こういうこともできるんですか？」

「普通はやらないと思うけどね。子供のころ、『術』を使いこなせるようになれって、いろいろ訓練させられるんだけど、まぁ、そういうのはつまらなくって。一人遊びでこういうの作ってるほうが楽しかった」

「……器用なんですね？」

「そうなのかな。こういう小さいのはうまく作れるんだけど、大きいのは難しい」

「たとえば、どんな……？」

「小鳥や犬猫はちゃんとそれらしく見えるんだよ。けど馬作ろうとしたときは、どう見ても鹿にしかならなかったなぁ」

「馬？　御自身と同じくらい大きいのでは？」

「子供のころだったからさ、自分より大きかったよ。あれは無理だった。力使いはたして、へたばっちゃって、三日ぐらいぐったり」

身振り手振りをまじえて話す鳴矢に、淡雪の表情も自然と緩む。

「いまも、よくこうして作られるんですか？」

「え？　いやいや、すごく久しぶり。五年ぶりぐらいかな。うまく作れなくなってるんじゃないかって、ちょっと心配した」

「本物の小鳥みたいです。……本物よりかわいらしいかも」

炎の小鳥はまだ淡雪の手の上で、ちょこちょこと首を動かしていた。

「気に入ってくれたなら、側に置いてやってよ」

「……えっ？」

鳴矢は手を伸ばして、小鳥の頭を指先でつつく。

「逃げないから鳥籠なんか必要ないし、もちろん餌もいらない。……桜は時季が過ぎれば散るけど、こいつは俺の『火』だから、ずっと淡雪の側にいられる」

「あの――」

鳴矢の『火』ということは。

「……これは、王御自身がお持ちの、火天力の一部なのでは……」

「そうだよ」

あっさりと言った。笑顔で。事もなげに。

「それは……してもいいのですか、力を、一部でも他人にあずけるなんて……」

「あずけるんじゃなくて、あげる」

鳴矢は淡雪のほうに、ほぼ面と向かうように座り直した。

「その『火』は、俺が生まれたときから一緒にいるやつ。俺の考えを一番よくわかってて、一番、俺の思うとおりに動いてくれる。……俺はいまのところ、淡雪といつも一緒にいられるわけじゃないから、せめて、そいつを側に置いてやってよ」

自分と思って――と。

言葉で付け加えはしなかったが、鳴矢がそう言いたかったのだろうことは、表情でわかった。

「……わたしは、火天力を使えません」

「うん。淡雪のものになっても、淡雪の意思で動かすことはできないと思う。でも、お願いは聞くから。淡雪が飛べって言えば飛ぶし、戻れって言えば戻ってくる」

「……こっちの手に、とまってみて？」

右手をひらめかせて小鳥に話しかけると、小鳥はすぐさま右手に飛び移る。

「本当に……」

「ね？」

鳴矢は口を横に引いて、得意げに笑った。

「さすがに鳥みたいに鳴かないから、本物の鳥を飼うよりはつまんないと思うけど」

「いいえ。……鳥を籠で飼うのは、好きではありませんので」

天羽の里で、退屈に耐えかねて小鳥を飼う巫女もいたが、自分と同じような身の上を眺めて、気が晴れるものだろうかと思っていた。外の森に現れる鳥や栗鼠を見ているほうが、自分はよほど好きだった。

淡雪は小鳥を指先で撫で、ふと、鳴矢を見る。

「あの。……このことは、誰にも言わないほうがいいですか」

「ん？　ああ……まぁ、言っちゃいけないことはないけど、知られたらいろいろ面倒くさいこと言いそうなやつはいるかなぁ……」

和可久沙とか、だろう。

「では、女官たちが来たときには、どこかへ隠れていてもらいます」

「はは……しばらくはそうしたほうがいいか」

鳴かない、羽音もしないなら、寝台の天蓋の上にでもとまっていれば、気づかれないだろう。

淡雪は両手で包みこむように、小鳥を持ち上げた。

「王の大切な『火』の……この子、大事にします」

「……うん」

うなずいて、鳴矢は安堵の表情を見せる。

これは自分が小鳥を受け取ることを、断らなかったからかもしれない。……昨日の昼間までなら、きっと断っていた。最後には押しつけられたとしても、何度も固辞していただろう。

でも、聞いてしまった。本心を。

……あなたが抱えているものは、何。

捨てたかったのに捨てられなかったものは。

まだ聞けない。でも、いつか聞けたらいいと思う。

「もう――夜遅いな」

言いながら、鳴矢は長椅子から立ち上がる。

「戻るよ。急に押しかけてごめん」

「いいえ……」

一日中構えてしまっていたが、思ったより普通に話せてよかった。

鳴矢が部屋の戸を開けて、外に出たところで振り返る。見送りに出ようとしていた淡雪も、突っかかるように足を止めた。

「ここでいいよ。外は暗いし。俺は自分の『火』があるからいいけど」

「……はい」

「じゃあ――おやすみ」

「おやすみなさいませ」

一度頭を下げ、顔を上げると、鳴矢はまだそこに立っていた。何か言いたげな顔をしている。淡雪が小さく首を傾げると、鳴矢は深く息を吸ったようだった。

「——また、来てもいいかな」

それを言いたかったのか。……今日は急に来たのに。

淡雪は目を伏せ、少し早口で返事をした。

「できましたら、事前にお知らせいただけると助かりますが……」

「そうか。そうだよな」

頭を掻き、鳴矢は淡雪が両の手のひらに乗せている小鳥に目を留めた。

「それ。そいつ」

「この子ですか？」

「色、見てて」

鳴矢が言うと、黄みがかった朱の色だった小鳥の体が、青白く変わる。

「ここに来るときは、そいつをこの色に変える。変わった色を見て、俺が来てもいいって思ったら、そいつにそう言って。で、今日は来てほしくないって日があったら、それもそう言ってくれれば、そのときはやめておくから」

「……伝わりますか？」

「大丈夫。自分の『火』のことはわかるから」

うなずいて、鳴矢は再び、じゃあ——と言った。

「淡雪とたくさん話せて、うれしかった。……次は言葉遣い、もう少しくだけてくれると、もっとうれしいんだけど」

「……三か月後の神事のときには、ではありませんでしたか？」

「う。いや、そこは早めてもいいよね？」

ちょっと情けない表情になった鳴矢に、思わずくすりと笑うと、鳴矢はすぐに破顔した。

「──今度こそ、おやすみ！」

「はい。おやすみなさいませ……」

ひらりと手を振って、鳴矢は足早に簀子を歩いていく。階を勢いよく下りる足音。草を踏む足音──

気がつくと、あたりは真っ暗だった。

いや、灯りはあるのだ。釣燈籠の灯りも、燈台の灯りも。それなのに暗い。鳴矢とともに頭上にいた炎がいなくなると、こんなにも暗くなってしまうのか。

この部屋は、こんなに暗く──寂しい部屋だったのか。

「……」

目を落とすと、手の中に炎の色の小鳥がうずくまっていた。ほんのりあたたかく、淡い光を放っている。

淡雪は小鳥を連れて寝台に戻ると、枕元に小鳥を置いて自分も横になった。小鳥はおとなしく、枕元で餌をついばむような仕種をしている。

「ねぇ。……おまえに名前をつけてあげる」

指先で小鳥の背を撫でながら、しばらく眺めたあと──淡雪はつぶやいた。

「……やっぱり、鳴矢よね」


それから数日は何もない日が続いた。一人の時間に『目』で鳴矢の様子を見にいくと、鳴矢も変わらぬ日々をすごしているようだった。……あからさまに浮かれているときがあるので、それは見ていてひやひやしたが。

「后。今日は少し外が騒がしくなりますが、お気になさらないでくださいね」

淡雪が朝の散歩を終えて部屋に戻ると、紀緒にそう告げられた。

「外、何かあるの？」

「隣りの秋殿に庭師たちが入るのですよ。前の王のときに秋殿に入られていた妃が、いまのお住まいの庭に秋殿にあった梅と楓がほしいと御希望で、それで植え替えを」

「ああ……そうなの」

うなずいて、淡雪は長椅子に腰を下ろす。

「前の王には、妃がいたのね」

「あのころは春殿、夏殿、秋殿、すべてに妃が入っておいででしたので、わたくしどもも、毎日の掃除が大変でした」

「あら」

そんなに愛妾が大勢いたのか――と思ったが。

「もっとも皆様、暮らしが落ちつくまで一時的に後宮に入られた方々ばかりでしたので、中には掃除を手伝ってくださる方もおいででしたが……」

「え？　一時的？」

「ええ。主に夫が急に亡くなった方や、それですぐには実家へ戻れない事情のある方などでしたね。次の住まいを決めるまでのあいだ、ここに」

「それって……妃、なの？」

怪訝な顔の淡雪に、紀緒は小さく笑った。

「名目上はいずれも妃でしたが、皆様、王の愛妾ではないのですよ。前の王は男色の方でしたので、女人の愛妾は一人もいらっしゃいませんでした」

「……ああ、そういうことなの」

「はい。言ってみれば人助けですね」

それなら何人妃が入ろうと、前の后はむしろ気楽だったかもしれない。そういえば自分と入れ替わりに都を出たという空蝉姫は、もう天羽の里に帰り着いただろうか。

「でも、庭木がほしいなんて言って、もらえるものなのね」

「庭木については、どの方も自由に植え替えはなさっておいでてでした。后も御希望がございましたら、申しつけられてはいかがです?」

「……これと同じ八重の桜がほしい、とかでもいいの?」

淡雪が壺に生けた桜を指さすと、紀緒がにこりと微笑む。

「内侍司に伝えておきましょう。ただ、根づいて花が咲くのは、来年になるかもしれませんが……」

「それならそれでいいわ。来年の楽しみができるから」

「かしこまりました」

返事をし、紀緒は掃除を終えた伊古奈とともに帰っていった。

足音が遠ざかったのを確認し、淡雪は天井を見上げる。

「——鳴矢、おいで」

呼びかけると、寝台の天蓋の上に隠れていた炎の色の小鳥が音もなく飛んできて、淡雪が差し伸べた左手にとまった。指で背中や短い尾を撫でてやると、うれしそうに首を振る。

「いい子ね。しばらくは好きに飛んでいていいわ。昼が近くなったら、またあそこに戻っていてね」

放してやると、小鳥は天井近くをぐるぐると何周かしたあと、下りてきて桜の枝にとまった。昼間のうちは、この桜をよく止まり木にしている。

ほどなく、どこか遠くから誰かの呼びかけるような声や、大勢のかけ声が聞こえてきた。あれが庭師たちだろうか。

今日はそちらを見物して、昼から鳴矢を見にいこう——淡雪は長椅子に楽な姿勢でもたれかかり、目を閉じる前にもう一度、小鳥に視線を向ける。

色は相変わらず、黄みがかった朱の、炎の色。

「……いつになったら、色が変わるの？」

つぶやきつつ、ちょっと唇を尖らせて、淡雪は目を閉じた。

その晩もいつもと何も変わらず、女官たちが辞したあと、淡雪はすぐ寝台に横になった。

今日も小鳥の色は変わらなかった。来ないなら、起きていることはない。寝しなに夜殿を見てこようかとも思ったが、昼間寺で見た様子にも特に違いはなかったので、やめておくことにした。夜の一人の時間をそう頻繁に覗きにいくのも、さすがに少々決まりが悪い。

小鳥は今夜も枕元で丸くなっている。

「おやすみ。……鳴矢」

小鳥の尾羽を指で撫で、淡雪は目を閉じた。

そして。

——初めは、夢かと思った。

まどろみの中で、人のささやき声、床のきしむ音、重いものを動かすような物音を聞いていた。

薄く目を開けると、枕元の小鳥が翼を広げ、細かな羽毛を逆立てて、いまにも飛び立とうとしていた。同時に耳が、人の声と物音をはっきりととらえる。

「……っ!?」

跳ね起きた淡雪の視線の先に——三人の人影。そのうち二人は男のようだ。

「くそ、やっぱ起きたじゃねぇか!」

「気づかれたの!?」

吐き捨てるように言ったその声は、聞いたことのない若い男のものだった。

だが、その次に聞こえた、鼻にかかった女の声は。

「……典膳?」

答えが自分の口から漏れる。

典膳――登与利だ。沙阿の挿頭を拾ったまま盗み、数日前に処分されたはずの。

暗がりに目が慣れてくる。そこにいたのはたしかに登与利と、見たことない若い男二人。

「どうしてここに……」

「――おい、どうする。殺すか、売るか」

さっき起きたじゃないかと言った男ではないほうの男が、面倒くさそうに登与利を振り返る。

「売る？　売れるの？」

「売れる。舌切って余計なことはしゃべれねぇようにしとかなきゃならねぇけどな」

「けどよぅ兄ちゃん、女一人抱えてったら、他のもん持てねぇよ」

淡雪はそのとき、三人の背後にある塗籠の戸が開いているのに気がついた。そして兄ちゃんと呼ばれた男の手には、塗籠にしまわれていたはずの白磁の小壺が抱えられている。登与利の手引きで盗みに入られたのだと、淡雪は瞬時に理解した。

「なら、殺すか」

兄ちゃんと呼ばれていた男がさらりと言って、持っていた小壺を登与利に渡す。

殺す。……殺す、とは。

男の足がこちらに向いた。寝台から動けない。

男が手を伸ばしながら近づいてくる。体が動かない。動かなければ。早く。どうすれば――

そのとき目の前で小鳥が羽ばたいた。炎の色をいっそう鮮やかに赤く輝かせ、男に向かっていく。

「っ、何だ、おい……！」

「鳥!?」

小さな体で、だが俊敏に、小鳥は男の視界を邪魔するように、顔のまわりを激しく飛びまわっていた。

「くそ――何だこいつ！」

男は悪態をつきながら、小鳥を追い払おうと両手を振りまわす。

……逃げなきゃ……。

恐怖で思考まで強張っていた中、小鳥の抵抗に、いまするべきことをようやく思い出せた。淡雪はほとんど落ちるように寝台から下りると、一番近い扉に向かって這っていく。

どうして体が動いてくれないのか。立ち方すら忘れてしまったかのように。

「――兄ちゃん、女が逃げる！」

「逃がすな馬鹿！」

もう一人の男があっというまに駆けてくる。途端に頭が後ろに引っぱられ、がくりと顎が上がる。髪を掴まれた。

「捕まえた！」

「おまえが殺せ。首絞めろ！」

仰《あお》のいた淡雪の喉が、ひゅっと鳴る。声すら出せない。死ぬならせめて、名を呼びたかったのに——

「なり……」

雷が落ちたような音とともにまぶたの裏が白く光り、頭が突然自由になる。はずみで床に倒れ伏すのと同時に、何かが割れ、何かが吠《ほ》えた。

二人ぶんの醜い絶叫が響き渡る。

床に這いつくばったまま、淡雪はどうにか振り返った。

「……」

部屋の真ん中に二つ、炎の塊があった。

いや、炎なのだろうか。たしかに燃えている。燃えさかってはいるが、それは内側から白い光を放つ、紫がかった薄紅色の、とても澄んだ色をしていて——淡雪は一瞬恐怖を忘れ、その美しさに見入っていた。

あたりはもう静かだった。そして、一人ぶんの荒い息遣いだけが聞こえていた。

おずおずと目を上げる。肩を怒らせ、両の拳を固く握りしめ、全身に憤怒の気配をみなぎらせて、鳴矢がそこに立っていた。

「……ど……して……」

かろうじて声が出せた。するとと小鳥がぱたぱたと舞い戻ってきて、淡雪の手の上にとまる。その体は、二つの炎の塊と同じ色になっていた。

「──兵司呼んでこい」

鳴矢が低い声でそう告げると、小鳥が急に燕《つばめ》のような姿になり、開いた扉から外へ矢のような速さで飛んでいった。

鳴矢の息遣いは次第に落ち着いてきて、それとともに炎の色が普通の火に近い色へ変わっていく。

よく見ると二つの炎の塊は、侵入してきた男たちだった。一人は仰向《あおむ》けに、一人は体を丸めてうずくまるように倒れていて、それぞれの体が炎に包まれ燃えている。

死んでいるのかと訊こうとしたが、どの力の『術』であっても、人の命を奪うことはできないのだと思い出した。神より授けられた力は、本来争いを退けるためのものだからだ。

だが、苦痛を与えることはできる。火天力の『火』が触れたところは、本物の火のような熱さを感じて痛み、力を受けた『痕《あと》』が残るのだ。それは水天力《すいてんりき》の『術』などを施さなければ消せないという。

次第に炎が、男たちの体からはがれるように、ゆっくりと離れ始める。完全に離れると、二つの炎はひとつにまとまり、いつも夜間の灯りになるときのように、天井の近くに漂いだす。

鳴矢はようやくこちらを向き、淡雪の前に片膝をついた。そして右の手を差し伸べかけ——何故かすぐに引っこめる。

「怖いもの見せてごめん。……大丈夫？」

「……はい……」

うなずくと、ずっと険しかった鳴矢の目元が、ようやくわずかに緩んだ。

「急に俺の『火』が騒ぎだしたんだ。淡雪にあげた鳥から伝わったんだと思う」

鳴矢のその言葉が、さっき自分が発した「どうして」の答えなのだと、二度瞬きをしてから気がついた。

「……寝て……目が覚めたら、誰かいて……売る……売るか、殺す、って……」

鳴矢の眉間にまた深く皺が刻まれ、炎の色が青白くなる。

「でも、あの、鳴……鳥、鳥が、助けようと、してくれて……」

「……少しは役に立ったか」

鳴矢は短く息をつき、つぶやいた。

「けど、何なんだこいつら……。後宮の周りは『術』で防御してるんじゃなかったのかよ」

「……あの、王」

ようやく声が出せるようになってきた。

「あの二人と一緒に、典膳が……先だって処分された、典膳がいました」

「え？」

そのとき複数の足音が聞こえてきて、部屋に燕のような鳥が入ってくる。鳥は淡雪の前に来ると、もとの小鳥の姿に戻った。

「失礼します。后、何か——あっ!?」

駆けこんできたのは太刀を持った尚兵の真登美と、同じく棒や縄、手燭などを手にした兵司の女官たちだった。真登美は鳴矢を見て、目を丸くした。

「……ちょっと待ってて」

鳴矢は淡雪にそう声をかけ、立ち上がる。

「侵入者だ。男が二人。あと最近処分された典膳がいる。捜して捕縛を。そっちが先だ。男どもはあとまわしでいい」

「か、かしこまりました！」

「掃司は来てないか？　誰か淡雪の世話を」

「呼びます。あなた行って」

真登美の指示で、一番年若い女官が駆け出ていった。そのときには他の女官たちはすでに、部屋の四方に散って登与利を捜し始めている。

「――いました！」

扉が開いていたままの塗籠から、兵司の女官が登与利を引きずり出した。登与利の手には、まだ白磁の小壺が抱えられている。

真登美は登与利に縄をかけるよう指示し、床に転がっている男たちを見下ろした。

「王、この二人に『術』を……？」

「尋問のときは刑部省《ぎょうぶしょう》で水天力を持つ者に立ち会わせる。それまで『痕』は消すな」

「かしこまりました。では、このまま運び出します」

「いまは気絶してるが、起きるかもしれない。一応、縄はかけたほうがいい」

「……これだけの『痕』があって、自力で立てるとも思えませんが」

淡雪はうずくまったまま、鳴矢と真登美の会話をぼんやり聞いていたが、ふと男の一人が倒れているあたりに目をやった。

……ない。

あそこには、桜を置いていたはず。

「……」

四《よ》つん這《ば》いでそちらに進む。鳴矢が気づいて、淡雪、と呼びかけてきたが、構わず向かっていった。

枝を生けていた壺は砕けて幾つかの破片と化し、あたりは水びたしになっている。桜も、その水たまりの中にあった。せっかく咲いた花の半分ほどは無残に散らばり、枝も何本か折れて。

淡雪は、飛びつくようにその枝を拾っていた。

水滴とともに、花びらがぱらぱらと落ちる。

「淡雪、膝が濡れ――」

桜の枝を抱きしめて。

淡雪は滂沱《ぼうだ》と涙を流していた。

水たまりにうずくまっていることさえ忘れ、鳴矢の声も耳に入らぬほどにしゃくり上げる。いったい何がこんなに悲しいのか、自分でもまるでわからなかったが、ただ泣けて仕方なかった。

「后――后、大丈夫ですか……」

「后……!?」

駆けこんできた紀緒と伊古奈、沙阿が見たものは、桜を抱きしめ泣きじゃくる淡雪と、その傍らに膝をつき、おろおろとなだめている鳴矢の姿だった。

気がつくと割れた壺は片付けられていて、床の水たまりもなくなっていた。倒れていた男二人もいつのまにか運び出され、登与利の姿もない。

ただ、何もかもが夢だったというわけでないのは、自分がまだ桜の枝を腕に抱えたまま床にうずくまっていて、裾が濡れた夜着が、冷たくべったりと足に貼りついていることから、明らかだった。

わずかな時間、泣き疲れて座りこんだまま眠ってしまったのだろう。現に夜が明けた様子はなく、部屋の中にはまだ兵司の女官や、箒《ほうき》を持った伊古奈と沙阿がいた。

「——后、少し落ち着かれました？」

見上げると、紀緒が衣を手に、こちらを覗きこんでいた。

「……ごめんね、こんなところで……」

「いいえ。大事な桜でしたものね。いま代わりの壺を用意しておりますので、あとで生け直しましょう。大丈夫、蕾は残っていますから、また咲きますよ」

紀緒の笑顔に、淡雪は思わず深く息をつく。

「立てますか？　そのままでは体が冷えてしまいます。一度湯殿へ行って、それから着替えましょう。――伊古奈、沙阿」

紀緒が呼ぶと、伊古奈と沙阿がすぐに箏を置いてやってきて、伊古奈が桜を慎重に受け取り、沙阿が淡雪に手を貸して立たせた。

「……あの」

「はい？」

「王……は？」

鳴矢の姿が見えない。さっきまでいたはずなのに。

「さっき尚兵たちと一緒に、外に出られました。捕らえた者を近衛府《このえふ》に引き渡して、また戻ってくるそうです」

「……そう……」

取り乱してしまってろくに話もできなかった。鳴矢が戻ってきたら、ちゃんと礼を言わなくては。

淡雪は湯を使って冷えた足をあたため、昼間と同じものに着替えて部屋に戻った。ひどく喉が渇いていたので紀緒に茶を淹れてもらう。

ようやく落ち着いてきたころ、また何人もの足音が外から聞こえてきた。いささか荒っぽい足音だったため、部屋にいた女官たち全員が身構える。沙阿は淡雪を守るように、ぴたりと背後についた。

「――狼藉者《ろうぜきもの》が侵入したというのは本当ですか。狼藉者はどこです」

よりによって和可久沙だった。その後ろから香野と他の典侍、掌侍たち総勢七人がどやどやと入ってくる。部屋は一気に狭くなった。淡雪は思わずため息をつく。

「……狼藉者ならとっくに運び出されたわ。いまごろ何？」

「何とは何です。異常があれば確認するのが内侍司の務めです」

「あの――和可久沙さん」

椅子に座る淡雪の前に立ち、威圧的に見下ろす和可久沙を、香野が横から制した。

「あたしたちの役目は、まず后の無事を確かめることとなんですから……。后、大丈夫ですか？　お怪我はないですか」

「任に就いたばかりの者が、わたくしに役目を説くではない。――狼藉者をどこへ運び出した。何者であった？　后が天羽の者どもを引き入れたのか」

和可久沙は香野を一喝し、周囲の女官たちに片っ端から訊きまわる。

「そんなに狼藉者が気になるなら、近衛府のほうに行くといいわ。ここにはいないんだから」

淡雪はあえてのんびりとした様子で茶を飲みながら、静かに告げた。

「それから、天羽の者ではありえないわね。一人は先だって処分されて辞めたはずの典膳だったもの」

「は？」

「——そうです。元典膳でした」

和可久沙の聞き返す声に、はっきりしたよく響く声が被さる。見ると太刀を持った真登美が、きびきびとした足取りで部屋に入ってきた。

「后、失礼いたします。侵入者たちはすべて近衛府に引き渡しました。明朝、刑部省に送って尋問に入るそうです。元典膳だけは簡単な尋問を行ってきましたので、その御報告を。——ですが、すでに夜も更けておりますので、わたくし以外の兵司は引きあげさせてよろしいでしょうか」

「そうね。兵司のみんなは、もう休んで。ずっとついていてくれてありがとう」

兵司の女官たちは口々に淡雪に挨拶し、真登美を除いて退室する。淡雪は空になった椀を卓に置いた。

「紀緒さん、もう一杯もらえる？　今度は白湯を」

「はい、ただいま」

紀緒に白湯を注いでもらっているあいだ、淡雪は内侍司の面々を見まわした。おそらく寝ているところを起こされて、わけもわからず連れてこられたのだろう、香野と和可久沙以外の五人は、ぐったりしていたり眠そうだったりの顔で、所在なげに部屋の隅に固まっている。

「……あちらの五人は、帰してあげたら？」

そう言うと、和可久沙の目が途端につり上がったが、淡雪は抑えた口調で続けた。

「わたしも疲れているし、あまり大勢にいられると落ち着かないのよ。……あなたが真登美さんの報告を一緒に聞くというなら、尚侍と典侍一人で充分じゃない？」

「それを決めるのは后ではありません」

和可久沙は顎を上げ、鼻を鳴らす。

「人を減らして、何をたくらんでいるのです。兵司を引きあげさせて、それで見張りが手薄になると思ったら大間違いですよ」

「……何の話？」

「とぼけるのもほどほどになさい。警備の厳重な後宮に侵入できたということは、誰かが手引きをしたに決まっています。典膳をどう利用したのです？」

背後に控えている掃司の女官たちの気配が変わった。白湯の椀を淡雪の前に置き、紀緒が一歩、前に出る。

「鳥丸の典侍。后が侵入者を手引きしたとでも言いたいのですか？」

「そうに決まっています。他に何が考えられると？」

「ありえません。后が手引きしたなら、后が危うい目に遭うはずがないでしょう」

「それはこちらを騙《だま》すために――」

「ふ」

思わず笑ってしまった。淡雪は袖で口元を隠す。

和可久沙の目が、大きく見開かれた。

「いま笑いましたか。失礼な」

「あなたにそう言われるなんて、ますますおかしいわ」

その表情をうかがいながら、淡雪は和可久沙のこれまでの態度を思い返していた。

他の女官たちが自分に対して案外普通に接するのに対して、和可久沙は初めから——

名前を姫名と間違える前からも、すでに異質だった。

「……何です。人の顔をじろじろと」

「あなたはどうしてそんなに天羽が嫌いなのかしら、と思って」

そう告げるなり、和可久沙の頰が強張るのが、はっきりとわかった。

「わたしが嫌いというより、天羽が嫌いなのよね。たぶん、昨日今日嫌いになったわけじゃないでしょう。嫌いじゃすまないかしら。恨みでもある？」

「……」

和可久沙は右手で自分の左腕を強く握りしめていた。何かを抑えているようだが、おそらく無意識だろう。図星なのかもしれない。そうだとしたら、むしろ気の毒だ。

天羽の里でもときどき見かけた。自分の心の内に染みのようなものができて、その染みを拭い落とそうと必死になって、かえって自ら汚れを広げてしまうような人を。

　長年後宮で働いてきたなら、いろいろあったのだろう。天羽の后は、人は変われど常にここにいる。好き嫌いにかかわらず世話はしなくてはならない。そんなに恨めしいなら典侍を辞めてしまえばいいのにとも思うが、そうできない事情もあるのかもしれない。ずっと人の暮らしを垣間見るだけの日々だったが、誰しも何かを抱えていると学ぶことはできた。

　何かはあるのだ。和可久沙にも、たぶん登与利にも、自分を殺《あや》めようとしたあの男たちにも。……だからといって、許せるかどうかは別としても。

「――真登美さん」

　淡雪は白湯をひと口飲んでから、真登美に目を向けた。

「報告、お願い」

「はい。――あの男たちは、元典膳、原田《はらだ》登与利の兄たちでした」

「兄……」

　そういえば兄ちゃんと呼んでいたが。

「ここへ侵入した目的は、物盗《ものと》りだそうです。后なら値打ちのあるものを持っているはずだと」

「……しかも夜にはわたししかいない。後宮にさえ侵入できれば、ここへ入ることは簡単。典膳なら、それをよく知っているわね」

「はい。原田登与利は数日前に処分され、家に帰されましたが、原田家では暮らしの糧をほとんど登与利の俸禄に頼っていたようでして、その登与利が辞めさせられたというので、兄たちが冬殿での盗みを思いついたと言っていました」

真登美はきびきびとした口調で、淡雪に告げる。

「でも、どうやって入ったのかしら」

「登与利は今日、秋殿に庭師が入ることを知っていたそうです。兄たちは昼間のうちに庭師の出入りにまぎれて侵入し、登与利もまだ女官の服を持っていたので、怪しまれることなく後宮に入り、隠れて夜を待っていたと……」

「――服を持っていた？」

それまで一歩引いたところで成り行きを見ていた香野が、声を上げた。

「香野さん？」

「あ、すみません。あの、女官は辞めるときには、制服と挿頭は必ず返却するという決まりがありまして……」

「それなら、持っているはずはないわね」

そのとき部屋の隅から誰かが小声で、あっ、と漏らしたのが聞こえた。和可久沙がすかさず振り返る。

「――小野《おの》の典侍！」

「あの、あ、洗ってから返すと言うので……も、申し訳ございま……」

和可久沙に常にくっついて行動していたもう一人の典侍が、震えながら頭を下げた。

つまり、まだ返却されていなかったということだ。

淡雪はひとつ息をつき、和可久沙を見上げる。

「わたしの疑いは晴れたかしら？　烏丸の典侍」

「……」

和可久沙は険しい顔で、無言のまま目を逸《そ》らす。返事をしたくないということは、そういうことだ。

「報告ありがとう、真登美さん。もう遅いから、あなたも休んで」

「はい。失礼いたします」

一礼し、真登美はすぐに部屋を出ていく。

するとずっと淡雪の後ろに立っていた沙阿が、いかにも嫌みっぽい口調で言った。

「内侍司の皆さんは、他に何か御用があるんですかぁ？」

和可久沙が怒るのではないかと思ったが、それより早く、香野が前に進み出る。

「いえ、后の無事を確認できましたので、もう、これで。――和可久沙さん、戻りましょう」

「……」

意外にも香野の言葉に逆らうことなく、和可久沙は淡雪を鋭い目で一瞥して出ていったが、その間際に見た表情には、やはり憎しみに近いものがうかがえた。

部屋の隅にいた内侍司の女官たちにも帰るようにうながし、退室させてから、香野だけが引き返してきた。

「──后、念のためお伺いしたいのですが」

「何?」

「侵入者を退治したのは王だというのは、本当ですか?」

淡雪は口に運びかけていた椀を、卓に戻す。

「……誰が、それを?」

「兵司の女官が内侍司に知らせにきたときに、そう言っておりました」

「そう。……ええ、本当よ」

いま隠したところで、侵入者の体に残る『痕』のことが伝われば、最終的には鳴矢がやったことだと、わかってしまうだろう。

「どうして察してくださったのかわからないけれど、たしかに王が、侵入者を退けてくださったわ。……王が来てくださらなかったら、わたしは間違いなく殺されていたでしょうね」

「……本当に……」

香野の声は、どこか呆れているようにも聞こえた。

「わかりました。ありがとうございます。……失礼いたします」

「御苦労様」

今度こそ香野は出ていき、足音が遠ざかる。

紀緒と伊古奈、沙阿は、それぞれ息を吐いた。

「あーもう……内侍司出てくると、余計面倒……」

伊古奈の言葉に、淡雪は苦笑する。

「まぁ、仕方ないわね。兵司はすぐ報告しないといけないんでしょうし、内侍司だって、そうなったら寝てもいられないでしょう。たとえ后が嫌いでも」

「あの典侍ってば、前の后のときだってあんなだったんですよ！　前の后はとことん言い返してましたけど！　后はよく怒らないでいられますね⁉」

「こら、沙阿、落ち着きなさい……」

拳を握りしめて足を踏み鳴らす沙阿を、紀緒が肩を叩いてたしなめた。淡雪は白湯を飲みながら小さく笑う。

「言い返せるほどの元気、わたしにはないわね。……ああ、三人とも、もう休んで？　来てくれて助かったわ。片付けてくれてありがとう」

「はい。ですが……后お一人で、よろしいのですか？」

紀緒が気遣うように、顔を覗きこんでくる。殺されかけたばかりで、一人残されるのは怖いだろうと思ったのか。

怖くないと言えば——嘘《うそ》になる。これまで暴力や、人が傷つけられる恐ろしい場面も、『目』で見てきた。だが、自分の身にそれが降りかかったのはさすがに初めてだ。

自分の体が、恐怖であんなに動かなくなるとも思わなかった。

だからといって、常に誰かに側にいてもらって、それで安心できるのかというと、たぶん、それはそれで別の怖さがある。……人が近くにいることで、自分の持つ力に気づかれるかもしれないという、恐ろしさが。

「大丈夫。平気よ。……それに、あとで王が戻ってくるって言わなかった？」

「あ、そうでしたね。では、王が戻られるまでここにいます」

「——戻ってるよ、とっくに」

突然の返事に、伊古奈と沙阿が驚いてあたりを見まわす。声は、閉じた窓の向こう側から聞こえた。淡雪は思わず席を立ち、紀緒も、あら、と声を上げた。

「いまの——王です？」

庭に面した南側から西側へ、足音が簀子を移動してきて、扉が開く。夜着のままの鳴矢が、のそりと入ってきた。

「ただいま。……兵司たちが門から出てきたとき、ちょうどすれ違ったんだけどさ、典侍たちが中にいるって聞いたから、こっちで隠れてた」

「ずっと、ですか？」

「うん」

「……沙阿、何でもいいから羽織れるものを持ってきて」

羽織れるもの、の時点で塗籠に駆けこんだ沙阿は、すぐに衣を手に戻ってきた。

「これ、袷《あわせ》の中で一番大きいのです！」

「ありがとう」

きちんと意図を察してくれた沙阿に礼を言い、淡雪は受け取った衣を持って鳴矢の背後にまわる。

「え、何？」

「ちょっと屈んでください。……はい」

爪先立ちで背伸びをして、淡雪は広げた衣を鳴矢の肩に掛けた。

「羽織っていてください。そのままじゃ体冷やします」

「え、いいの？」

「わたしのものなので丈が足りませんが、これで我慢してください」

「いや、我慢なんて……」

一瞬きょとんとしたあと、何故か少しあわてた様子で、鳴矢は羽織った衣の前を、無理やり掻き合わせようとする。

「まだ寒いですか？　もう一枚……」

「寒くない寒くない。全然。これで充分だから」

「……それならいいんですが」

明らかに小さい衣を羽織っているせいで、窮屈そうに、猫背になっているその姿を見上げ、淡雪は微かに眉根を寄せていた。

まだ夜は冷えこむこの時季に、薄着のまま外を走りまわらせてしまうとは。これで鳴矢が体を壊してしまうようなことがあれば、間違いなく自分のせいだ。

「──后」

唇を噛《か》んでいると、紀緒が穏やかな笑みを浮かべて、一歩前に進み出た。

「王がお戻りになりましたので、わたくしどもは、下がらせていただきますね」

「え？　……あ、そうね。ええ。御苦労様。三人とも、本当にありがとう」

「はい。では、王、后、おやすみなさいませ」

紀緒は伊古奈と沙阿を振り返り、三人顔を見合わせ、妙に楽しげな笑顔を見せて、各々一礼して退室する。

紀緒たちが去ると、急に部屋が広くなったように思えた。そして、きちんと片付けられ、もとどおりになった光景を眺めていると、少し前にここで自分が殺されかけたことが、かえって夢の中の出来事だったのではないかと——そんな気がしてくる。

「……大丈夫？」

鳴矢は気遣うように声をかけてきたが、すぐに、いや、と言い直した。

「この訊き方はよくないな。大丈夫かって訊かれたら、だいたい大丈夫って返しちゃうもんだし。……俺、しばらくここにいていいかな？　いま淡雪を一人にするのは、ちょっと、俺が心配で」

やけに遠慮がちなのは、どうしてだろう。

「ああ、でも、俺がいるほうが逆に怖ければ、もちろん帰るから——」

「いいえ」

淡雪は即座に、首を横に振る。……そうか。鳴矢は、さっき火天の『術』をここで使ったことを、気にしているのだ。

助けてくれたときも——助けてくれたのに、怖いもの見せてごめん、と謝っていた。

「いてください。……お願いします」

「……うん」

鳴矢は手を差し伸べかけて、だが、すぐに引っこめる。

「あー……と、座ろうか？」

「はい。……あの、こちらでもいいですか」

鳴矢は長椅子のほうへと歩きかけていたが、淡雪は寝台を指さした。

先ほど目が覚めて、まず視界に入ったのが侵入者たちの姿だった。次にまたここで眠って、夜中、何かの拍子に目が開いてしまったとき、それを思い出さずにいられるように――ここは鳴矢と並んで座った、怖い場所ではないと、記憶を変えておきたかったのだが。

「え……そっち？」

鳴矢が目を丸くして、ものの見事に固まった。

やはり駄目だったか。

「すみません。ここに座るのは行儀が悪いですね。どうぞ、そちらに……」

「――いや！　行く。そっちに行く」

踵を返し、鳴矢は寝台のところまで来ると、勢いよく腰を下ろした。淡雪はほっとして、鳴矢の横に腰掛ける。

結果的に、長椅子に並んで座るよりも距離が近くなってしまったが、いまはそのほうが安心できた。息をすると人のにおいがする。これが鳴矢のにおいか。

離れた場所のことを見聞きする力はあっても、その場の空気、においまではわからない。どんなに『目』で近づいても、人の熱も感じられない。

並んで座って――触れてはいないのに、それでも人の、鳴矢の体の熱の気配が伝わってくる。いま、それがとても、とてもうれしかった。

「……天羽の巫女は何人もいますし、后候補だって、ちゃんと他にもいるんです」

ぽつりと点る燈台の火を見つめ、淡雪がつぶやいた。

「だから、わたしの代わりは必ずいるし、わたしも自分の命を惜しむつもりはありません。……それでも、やっぱり怖いものなんですね。ああいうことは……」

「――淡雪」

鳴矢は突然立ち上がると、淡雪の前にまわりこみ、片膝をついて顔を覗きこんだ。

「代わりはいるなんて、二度と言ったらだめだ。淡雪の代わりはいない。誰も淡雪の代わりになんかならない」

「……」

「天羽の子なら誰でもいいわけじゃない。俺の后は、淡雪だけだ」

まっすぐな目で。

どうして何のためらいもなく、そんなことが言えるのだろう。

淡雪は我知らず、微苦笑を浮かべていた。

「……あなたこそ、そんなことを言ったらだめでしょう。王なんですから、途中で后が代わることがあっても、受け入れないと」

「もしそんなことがあるなら、俺も王を降りる。王のほうこそ、代わりはいくらでもいるんだ。そもそも俺は、中継ぎなんだし」

「中継ぎでは不満ですか？」

淡雪が問うと、鳴矢ははっと目を見開いて絶句する。

「あなたに関して、ときどき中継ぎという言葉を聞きますが、わたしにはどうしてもよくわかりません。次が決まっているからといって、それが何なんです？　王は王でしょう。それに王位を途切れさせずつないでいくという意味では、二代目以降の王はすべて中継ぎじゃないですか」

波瀬有明の、あの中継ぎと言ったときの馬鹿にした口調を思い出すと腹立たしく、淡雪は唇を尖らせた。

「あなただけを中継ぎと呼ぶなんて変です。もしあなたがそれを気にしているなら、そんなの堂々としていればいいんです。あなたは正真正銘、第六十九代の王なんですから」

「……」

口を半開きにして聞いていた鳴矢は——やがてがくりと下を向き、肩を震わせ笑い始める。

「王？」

「……あー……何で俺のほうがはげまされてんの……」

喉を鳴らして笑いながら立ち上がり、鳴矢は淡雪の横に座り直した。

「うん。……やっぱり淡雪しかいないな。淡雪じゃないとだめだ」

笑いをおさめ、鳴矢がつぶやく。

ひどくやさしい口調で。こちらの目を見て。

「ありがとう。……自分では気にしてたつもりはなかったんだけど、意外と気にしてたんだな」

「すみません。出過ぎたことを……」

「全然。うれしかった」

それは――自分も同じことだ。

鳴矢がこちらを見ていたが、不思議と見つめ返すことができた。

燈台のちらちらゆれる灯りが、鳴矢の顔に影を作っている。

ふと、鳴矢がいつも頭上に出していた炎がないことに気づいた。そういえば戻ってきたときからなかった。だからそれほど明るくなくて――明るくないから、見つめることができるのか。

と。

鳴矢が、手を伸ばしてくる。

頬に。

触れる、と思ったところで、その眉間に濃く影が差し。

結局、手は離れた。

……どうして。

目で問うと、鳴矢はうつむいて苦笑する。

「何だろうな……。とっくに慣例破ってるのに、最後の最後で、破りきれない」

「……慣例」

「王は、神事以外で后と会ってはならない。会っても親しく話してはならない。もちろん指一本触れてもいけない——」

……ああ。

それでずっと、ためらっていたのか。

ここまで破っておきながら、最後の、触れることだけできずに。

「その慣例……后のほうは、どうなんでしょう」

「……ん？」

「わたしは、后が王に指一本触れてはいけないとは、聞いていません」

鳴矢が、大きく目を見開いた。

手を伸ばしてみる。頬。……あたたかい。

肩。腕。とても緊張しているようだ。

手。……自分の手と比べると、とても大きい。

指が長くてきれいだと思い、指先から手の甲へ、すべるように触れていると、急に手首を摑まれた。

「……くすぐったかったです？」

「あのさ。……これ、わりと生殺しなんだけど」

「え？」

「俺も淡雪に触れたい」

目を上げると、口を真一文字に引き結んだ、思いつめたような表情がそこにあった。

「……どうぞ？」

それを拒む理由は、いま、思いつかない。

答えた刹那、手首を引かれた。

体が傾いで。

「……」

自分が鳴矢の腕の中におさまっていることが、違和感なく——それどころか、ごく自然なことのように思えていた。

深く、長く吐かれた鳴矢の息が震えていたのを、耳元で感じる。

鳴矢の右肩に唇を押しあて、淡雪は天蓋の隅の暗がりをぼんやりと、見るともなしに見ていた。鳴矢の腕が、触れ合っているところが、あたたかく、心地いい。

そうしていると、微かな衣擦《きぬず》れの音がした。鳴矢が羽織っていた衣が肩から落ちそうになっている。それを直そうと鳴矢の背中に腕をまわすと、鳴矢の体が一瞬ぴくりと強張った。

どうしたのかと思ったが、この体勢で羽織ったものを直そうとすれば、抱きしめ返したようになってしまうのだと――いまさら気づく。

……それでもいい。

あらためて、淡雪は広い背中に腕をまわす。その背中はまだ少し緊張していたが、しばらくして、淡雪の腕が離れないとわかって安心したのか、徐々に強張りは解けていった。

「……あの、さ」

耳元で、低く、少しかすれた声がする。

「桜。……大事にしてくれて、ありがとう」

何を言うのかと思えば。淡雪は鳴矢の肩に触れる唇に、笑みを刻んだ。

「……だって、大事ですから」

「そんなに……桜、気に入った？」

「はい」

あなたがくれたものだから。

少し身じろぎ、淡雪は鳴矢の肩に、頬をすり寄せる。

「わたしこそ、ありがとうございます。……助けてくださって」

「……もうちょっと早く来られたらよかった」

「わたしは無事でしたから……」

「でも、怖い思いをさせた」

鳴矢が低い声で、それに――と言った。

「……俺の『術』も、怖かったと思う」

鳴矢の。

侵入者を燃やした、あの白い炎のことだろうか。

「俺、前に、『術』使って……人を怖がらせたこと、あるから……」

それは、いつのことだろう。家出中に髪の色が変わったという、それだろうか。

人が炎に包まれている光景は、見たらたしかに怖いかもしれない。あれが命を奪うものではないと、理屈ではわかっていても。

……でも。

淡雪は鳴矢の背中を、もう一度しっかりと抱き直した。

「それなら、わたし、結構図太いんだと思います。……あなたの『術』は、ちっとも怖くありませんでしたから」

「……」

「あなたの炎は、とてもきれいです。怖いどころか、見とれていました」

これは本当のことだ。だから、軽やかに言えた。

「きれい？」

「はい」

「……そっか……」

鳴矢の腕が小さく震え、安堵のため息が聞こえる。

気にしているのか。いまも。かつて、誰かを怖がらせたことを。

「殺されそうになったことは……怖かったです。でも、あなたは怖くありません」

「……うん」

「ただ、ひとつだけ――」

淡雪は鳴矢の背にしっかりと腕をまわしたまま、一度、静かに息を吸った。

「……どうか、わたしが侵入者を怖がったことは、誰にも言わないでください」

「え。……どうして」

包みこむような抱きしめ方はそのままで、鳴矢は少し顔を上げる。

「わたしが怖がって、それで警備が厳重になったり、裏門にまで鍵がかけられるようになったりしたら、困ります」

「……うん？」

「あなたが、入ってこられないでしょう」

耳元で、息をのむ気配がした。

「だからわたし、全然怖くないって……平気だっていう顔、します。無事だったし、何も怖くないって。それなら、冬殿はそのまま――」

鳴矢の腕に力がこもる。

自分の首筋に顔を埋《うず》めている鳴矢は、いま、どんな表情をしているのだろう。

「……でも、本当は怖かったんだよね。それなら、無理にこのままじゃなくても」

「いいえ。いいんです」

あなたが来てくれなくなるほうが、よほど怖い。

淡雪は同じように、鳴矢の首筋に頬を寄せた。

「お願いします。……大丈夫です。きっと、いずれは怖くなくなりますから」

抱きしめてもらった、いまの、この時間を思い出せば――

視界の隅を、何かがよぎる。目を向けると、炎の色の小鳥が寝台の近くを飛びまわっていた。そういえば、少しのあいだ姿を見なかった。

「鳴矢、どこにいたの……」

思わずそう呼びかけると、首筋に顔を伏せていた鳴矢がはね起きた。

「いま何て言った？」

「あっ」

しまった。

小鳥ではないほうの鳴矢は、首を傾げて淡雪の顔を覗きこんでくる。

「名前——呼んだ？」

「いえ、小鳥を呼んだだけで……」

「え、鳥に俺の名前つけたの？」

「……」

墓穴を掘った。聞き間違いでしょうとでも言って、とぼけておけばよかったのに。

「淡雪？」

「……」

「淡雪、こっち見て」

見られるはずがない。淡雪は思いきり顔を背けたが、鳴矢は淡雪の両肩をしっかり摑んだまま、どうにかして目を合わせようとしてくる。

しばらく左に右にと追いかけっこをして——とうとう淡雪は下を向いた。

「……すみません。聞かなかったことにしてください」

「え。それはできない。聞いちゃったし」

「それなら、忘れてください」

「それも無理だなぁ……」

声が笑っている。こちらはこんなに困っているのに。

「鳥に俺の名前つけて、それなら呼べるんだ？」

「……名前が思いつかなかったので、一時的にお借りしただけです」

「俺、まさか自分で出した『火』に、俺は淡雪に名前呼んでもらえないのにどうしておまえは呼ばれてるんだこの野郎、って言いたくなるとは思わなかった」

「……」

「しかもあいつ、ものすごくかわいがられてるし？　あー悔しい」

思いきりすねていることを隠さないその口調に、淡雪はつい、吹き出してしまう。

「あ。笑うんだ？」

「……すみませ……」

「ふーん。俺、淡雪にはいつも笑っててほしいなーって思ってるんだけどね？　俺が自分の『火』に嫉妬してて笑うんだ？　へーぇ」

「……」

思わず目を上げ、鳴矢の顔を見てしまった。

口はへの字に曲げて完全に不機嫌そうなのに、目はとてもやさしくて——

「……三か月後の神事まで、まだずいぶんあると思っていたのに」

「んー？」

「あなたは人を丸めこむのが上手だわ。……鳴矢」

やさしい目がだんだんと見開かれ。

への字だった口は、逆の形になり——

「……やった！」

満面の笑みの鳴矢に抱きすくめられて、その勢いのまま寝台に倒れこむ。一瞬押しつぶされそうになったが、鳴矢は淡雪を腕に抱えたまま、ごろりと横に転がった。

「あー……俺いま、ものすごく幸せ……」

「……そうですか」

照れもせず、よくそういう言葉が出てくるものだと、鳴矢の腕の中で半ば感心していると、額のあたりで、あれ、というつぶやきが聞こえた。

「……いま、丸めこむのが上手《うま》いって言わなかった？」

「言いました」

「褒められた気がしないんだけど……」

「ええ。褒めてはいません」

「……悪口？」

「そうかもしれませんね」

「えー。落ちこむ……」

「……あなた本当に忙しい人ですね」

おかげでまったく退屈しないが。

ふと気づくと、鳴矢に顔を覗きこまれていた。笑っているところを見られたかもしれない。でも、いまさら取り繕っても遅いだろう。

きっともう、心を平らにはできない。……少なくとも、鳴矢の前では。

あんなに頑なに守ろうとしてきたのに、自分は何て弱いのだろう。

自己嫌悪に気が沈みかけたとき、額に何か触れた。人肌の熱。鳴矢の頬だろうか。

そっと頭をずらすと、鳴矢と目が合った。何か言いたげに見える。

「……何ですか？」

訊いてみると、鳴矢は穏やかに目を細めた。

「ん？　……うん。帰りたくないなぁと思って」

「帰るんですか……？」

「まだいたいけど」

「……わたしは、構いません」

「よかった」

くしゃりと笑い──鳴矢はもう一度、淡雪を腕の中におさめ直す。

「……寒くない？」

「いいえ。……あなたは」

「寒くないよ。衣借りてるし、淡雪があったかい」

「……わたしも、あたたかいです」

こんなにもあたたかくて安心できる場所にいられる日が、自分に訪れるなんて──夢にも思わなかった。

「あったかくて居心地最高なんだけど……ちょっと、眠くなりそうだな」

「……少し、お休みになりますか」

「このまま？」

「はい」

「……いいんだ？」

「はい」

小さくうなずくと、鳴矢は口の中でひと言何かつぶやいて、また額に頬を押しあててくる。……かわいい、と聞こえたのは、自分の願望だろうか。

遅くとも夜明け前に起きれば、鳴矢を夜殿に帰せる。そうすれば内侍司にも気づかれずにすむはず――

そう思いながら、淡雪は目を閉じていた。

夜明け前に自力で目を覚ますつもりだった。しかしそれを実行するには、いろいろありすぎた夜の疲労は大きかったのだろう。淡雪は結局、鳴矢の腕の中で眠っていたところを、紀緒たち掃司の三人に起こされた。――それも、謝罪付きで。

「本当に申し訳ございません。わたくしどもが、うっかり外から門を下ろしてしまったばかりに……」

頭を下げる紀緒と伊古奈、沙阿を前に、淡雪と鳴矢は顔を見合わせた。

「あの、あたしが悪いんです！　ついいつもの習慣で、何も考えずに……」

「あたしも悪いんです。沙阿が門下ろしたのを見てたのに、全然疑問に思わなくて。中に王がまだおいでのこと、忘れてたわけじゃないんです。わかってたのに、本当、何で開けておかなきゃいけないって思わなかったのか……」

沙阿と伊古奈も頭を下げたまま、必死に釈明しているが。

「……出られなくなっていたそうですよ？」

「うーん、知らなかったなぁ……」

　このやり取りに、三人がそろって顔を上げた。

　淡雪はさすがにこの状況を紀緒たちに見られた気まずさで、肩をすぼめて寝台の隅に小さく座っていたが、鳴矢は堂々と寝台の上で胡坐《あぐら》をかいたまま、大あくびをしながら頭を掻いている。

「つまり──俺は昨夜、うっかりここに閉じこめられてたから、夜殿に帰れなくても仕方なかったってことだよね？」

「……言い訳にはなりますけれど、掃司は大丈夫でしょうか」

「あ、何か処分があるかもってこと？　それは俺がするなって言っておく。うっかりだから。うっかりするぐらい、誰にだってあるから。普段ちゃんとしてる習慣でうっかりしたなら、それは仕方ない。うん」

　腕を組んで何度も大きくうなずく鳴矢に、今度は紀緒たち三人が顔を見合わせる。

「そういうわけだから、掃司は何も気にしないように。ただし、内侍司に俺がここで何してたかって訊かれたら、俺は起きてて淡雪は寝てたって言っておいてくれると、俺が助かる」

「……別々の場所でどちらも寝ていたと言っておくほうが、よくないですか？」

「そうする？　じゃ、俺はそこの長椅子で寝てたことにするか」

「そこは逆にしてください。王を長椅子で寝かせたなんて、わたしが怒られます」

「え、后の寝台なのに王が后を追い出して使ったら、そっちのがひどくない？」

「このさい、そういう思いやりの話は考えないでください。一番無難な状況を――」

面倒を回避するための口裏合わせをしているつもりだったが。

ふと気づくと、紀緒は目を見張り、伊古奈は何故か拳を握りしめて若干前のめりになり、そして沙阿はやけに明るい笑顔で、拝むように両手を合わせていた。

「……えっ？　何？」

「あの……お二方とも、ひと晩でとても仲がよろしくなられたのですね……」

目を瞬かせながら、しみじみと紀緒に言われ――淡雪は思わず下を向く。その背中を、鳴矢が二度、軽く叩いた。

「まぁ、俺たち夫婦だからね。仲よくするよ？」

「……左様でございますね」

「でも、これも内緒な」

「そう……ですね。はい。かしこまりました」

鳴矢と紀緒のあいだで密約が成立してしまったのを聞きながら、淡雪はいまだ顔を上げられずにいたが。

「よし。――じゃあ、さすがに帰るか」

鳴矢が勢いよく寝台から下りる。

「もう日は昇った？　まだ？　ああ、そろそろなのか。もしかしたら内侍司が来ないうちに戻れるかもな……」

膝の上で固く握りしめていた淡雪の手に一瞬だけ触れて。

鳴矢は部屋を出ていった。

躊躇することない足取りで。

「……っ」

淡雪は弾かれたように立ち上がると、そのあとを追う。

部屋から駆け出ると、鳴矢はもう裏の階を下りようとするところだった。

「……鳴矢……」

呼びかけると、鳴矢は思いのほかゆっくりと振り返る。

明け始めた朝の薄青い光景に、鳴矢のやさしい表情があった。

鳴矢は数歩戻ってくると、淡雪が伸ばしたくても伸ばせず中途半端に浮かせていた手を、強く握りしめる。

「また来る。……そんなに遅くならないうちに」

「……はい」

今度は目を見てうなずくことができた。鳴矢もうなずき返し、手を離して身をひるがえす。

もう振り向かず、鳴矢は足早に冬殿を出ていった。

早朝の風が、淡雪の長い黒髪を揺らす。

淡雪はしばらく、裏門の扉をぼんやりと見つめていた。

「后……」

どれくらいそこにいたのか——紀緒の声に、淡雪はようやく振り返る。

「……あ、ごめんね、待たせて。いま戻るから……」

背後に立っていた紀緒の姿が、何故かぼやけていた。目を瞬かせると涙がこぼれ、ひと筋、頬をつたう。

……どうして。

何も悲しくなんてないのに。

あわてて顔を背け指先で涙を拭うと、紀緒にやさしく肩を押された。

「どうぞ、中へ。いま洗面の支度をしますので。……大丈夫です。わたくしどもは、后のお味方ですから」

「……」

紀緒は静かな笑みを浮かべ、強くうなずく。

淡雪は一度目を閉じ、深く息をつき——そして目を開けた。あたりが少し、明るくなり始めている。

「ありがとう。……中に入るわ」

「はい」

淡雪は開いたままの戸をくぐり、部屋に戻った。

またいつもの日々が始まる。この館にいるだけの日々が。

……でも、鳴矢が来てくれる。

きっと、それほど遠くない夜に、また。

待つという楽しみが、ひとつ増えたと思えばいい。

淡雪は頬に残る涙をもう一度拭い、顔を上げた。

昨夜の騒ぎが嘘のように、その日、冬殿の時間はいつもどおり流れていった。ただ疲れのせいか、何となく『目』を使う気になれず、昼を過ぎてもどこも見にいかないまま、淡雪はぼんやりと桜を眺めてすごしていた。

また来る。そんなに遅くならないうちに――

鳴矢の言葉を思い返して何度目かのため息をつき、何げなく桜とは反対側の、開け放した窓から見える庭へと目を転じる。すると、表門の扉が開くのが見えた。

わざわざ鍵を開けて表から入るということは、内侍司の誰かだ。まさか和可久沙だろうかと窓辺で身構えたが、近づいてきたそれが香野だと気づいて安堵する。しかも珍しく一人だ。ほどなく香野が階を上ってきた。

「失礼いたします、后――」

声をかけ、部屋に入ってきた香野の表情は、少し強張っていた。

「どうかしたの？　香野さん」

「はい。あの、昨夜のことなんですが」

言いながら、香野は視線だけを素早く室内に走らせる。昨日の今日でここへ来たということは、侵入者の件で何かあったのか。

「……后は昨夜、王が『術』を使うところを御覧になりましたよね？」

「え。あの、『火』の？　……それがどうかしたの？」

「それ、どれくらいの『術』でしたか」

「どれくらい……？」

淡雪は眉根を寄せ、首を傾げる。どれくらいと訊かれても、どう答えればいいのか。

返事に困っていると、香野が、実は――と切り出した。

「王の髪の色が、変わったんです」

「……えっ？」

「変わっていたことに皆が気づいたのが今朝でしたので、どう考えても、王が昨夜の騒動で『術』を使った結果、色が変わったとしか……」

「……」

「一度で髪の色が変わるなんて、相当強い『術』を使わないとあり得ないそうです」

内から白い光を放つ、紫がかった薄紅色の――あれが『術』による『火』だとしても、あんな色の炎は、たしかに見たことがない。

尋常ならざる美しいあの色は、髪の色を変えるほどの強い力の表れだったのか。

「ごめんなさい。わたし『術』のことは詳しくなくて……。天羽の里には、火天力を使う者もあまりいなかったから、どれくらいとか、わからないの。それに、わたしもあのときは混乱していて、正確なことは……」

「……そうですか」

香野は明らかに落胆した様子だったが、淡雪はあえて、見た『術』について黙しておくことにする。

鳴矢は昨夜、自分を怖がらせたのではないかと気にしていた。そして、前に誰かを怖がらせたことがあったとも言っていた。鳴矢にとって、強い『術』はできれば使いたくないものだったかもしれない。そういう『術』について、鳴矢のいないところで話したくはなかった。

「でも、それが何か問題でも？　『術』を使えば髪の色は変わるものでしょう？」

「そうなんですけど……変わりすぎたんです」

「変わりすぎた？」

「小澄家の……乾の祝の長によると、あの色は、真朱色だと……」

「……」

さすがに淡雪も息をのむ。

真朱色といえば、赤い髪の中でも最も「赤い」——最も強いとされる色だ。

「それで、いま少しごたごたして……ああ、でも、后に御迷惑がかかるようなことはありませんから。大丈夫です」

「え、あの……」

「すみません、『術』のことだけ確認したくて。御記憶じゃないなら仕方ないですね。でも何か思い出したことがあれば、あとからでも教えてください」

失礼しますと頭を下げ、香野は慌ただしく部屋を出ていく。小走りで表門に向かう香野を、淡雪は窓から呆然と見ていた。

おそらく使いたくはなかったであろう『術』を使って。

鳴矢は、髪の色を変えてしまったのか。

それほどまでに強い力を。……自分を助けるために。

淡雪は急いで長椅子に座り『目』を開ける。すぐに外へ飛び出し、鳴矢を捜した。寺だろうか。それとも昼殿か。香野はごたごたしていると言っていた。何か起きているなら、寺に行っている余裕はないか。

香野を追い越し、昼殿に入る。はたして鳴矢は、昼殿の表の部屋にいた。同じ部屋には真照と希景もいて、何やら話し合っている。

「……いや、でも、蔵人頭。だって、髪の色が変わっただけでしょう?」

「祝の長が真朱色だと判じたことが問題だ」

「それで在位まで変わるってこと、あります? いまさらじゃないですか?」

「あるかないかといえば、半々だろう。皆がいまさらと思えば予定どおりだろうが、合議の中で何人かが、次の王と条件が同等と見なせば、変わる可能性もある」

「こういう件だと、合議の何人が関わるのか……」

二人が話す向こうで、鳴矢は椅子に座って、傍らの卓に片手で頬杖をついていた。その表情は不機嫌そうで——髪はたしかに、より鮮やかになっている。

……きれいな赤だわ。

茜色の、やや黄がかった色が抜けて、紅が強くなったような赤色だ。つやがあり、鳴矢の強い眼差《まなざ》しによく合っていると思えた。

夜に訪ねてこられても、暗い中ではこの色について語れない。そうかといって

『目』で見たとも言えない。どうにかして、昼間のうちに来てもらえないものか。

「――どっちにしろ、俺の意思は関係ないだろ？」

　より美しくなった赤い髪を眺めながらそんなことを考えていたところに、いささか投げやりな口調の鳴矢の声が響いた。

「俺を王に推したのは前の王だけど、了承したのは合議だし、その前に次の王を決めてたのも、俺の任期を五年と区切ったのも、合議だ。何でもかんでも合議次第なら、ここであれこれ言ってたって、何にもならないぞ」

「それはまぁ、そうですけど……」

　真照が苦い顔でうなる。鳴矢は希景に目を向け、面倒くさそうに尋ねた。

「で？　臨時の合議はいつやるって？」

「このあとです。いま参議以上に招集がかかっています」

「せっかく今日は合議がない日だったってのに……」

　大きく息をつき、鳴矢は前髪に指を突っ込んでぐしゃりと掻きまわす。そこへ六位の深縹色《こきはなだいろ》の袍の男が一人、入ってきた。

「失礼いたします。参議以上、全員そろいました。朝堂院へお出ましください」

「わかった」

　希景の返事を聞くと、六位の男はすぐに退室する。希景が鳴矢を振り返った。

「だそうです。行きましょう」

「わざわざ招集かけなくたって、明日の通常の合議でいいだろうに……」

「言い出したのが左大臣ですから。乾と巽の祝の長も来るそうです」

「……大ごとだな」

低くつぶやき、鳴矢が腰を上げる。

髪にばかり注目していたが、鳴矢は昼を過ぎているというのに、深紫色の袍を着ていた。これから臨時の合議と言っていたが、そのためか。

「次の王候補が、まだ子供であるにもかかわらず推挙された最大の理由は、髪の色が完璧な銀色であるから、に他なりません」

そう言いながら、希景が一歩前に出る。

「王の資質の根拠を髪の色——すなわち潜在的に強い力を保持している可能性に求めるのであれば、いま完璧な真朱色の髪を得た第六十九代鳴矢王もまた、次の王候補と同等に扱われるべき立場になったということです」

「……俺は、中継ぎだろ」

「合議次第では、そうではなくなるかもしれません」

鳴矢の鋭い視線にもひるまず、希景は冷静な口調で告げた。

「次の王候補が推挙された最大の理由は髪の色ですが、それが唯一の理由ではありません。この件には、七家ともに様々な思惑があります。浮家にもありますし、一嶺家にもあるでしょう」

「……あるんだろうな。俺にはないけど」

口をへの字に曲げ、鳴矢は部屋を出ていく。希景と真照もそのあとを追った。

そこに誰もいなくなり――淡雪は『目』を閉じる。

……どういうこと……？

長椅子に座ったまま、淡雪は思わずあたりを見まわした。いつもの自分の部屋だ。窓から見える庭も、特に変わりはない。朝より少し曇ってきたくらいで。

ここは何も変わらなくても、冬殿の外では変化が起きようとしているのか。

まず鳴矢の髪の色が変わった。強い『術』を使ったから。

そのことで、王としての立場にも影響があるのか。いったいどんな――

「……鳴矢……」

名をつぶやくと、どこにいたのか炎の色の小鳥が飛んできて、膝の上にとまった。

その炎の色に、特に違いはないけれど。

……あなたに、何も悪いことがありませんように。

すくい上げるように手の中におさめた小鳥を、そっと胸に抱き。

淡雪は祈るように目を閉じた。

―――本書のプロフィール―――

本書は書き下ろしです。

小学館文庫

王《おう》と后《きさき》

著者　深山《みやま》くのえ

二〇二二年三月九日　初版第一刷発行

発行人　石川和男
発行所　株式会社　小学館
〒一〇一-八〇〇一
東京都千代田区一ツ橋二-三-一
電話　編集〇三-三二三〇-五六一六
販売〇三-五二八一-三五五五
印刷所――――凸版印刷株式会社

ISBN978-4-09-407124-5